FOLIO JUNIOR/**ANIMORPHS**

Même le livre se transforme !
Faites défiler rapidement
les pages et regardez...

Déjà parus dans la série

ANIMORPHS

1. L'invasion
2. Le visiteur
3. L'affrontement
4. Le message
5. Le prédateur
6. La capture
7. L'inconnu
8. L'extraterrestre
9. Le secret
10. L'androïde
11. L'oubli
12. La menace
13. La mutation
14. Le mystère
15. L'évasion
16. L'alerte
17. Le piège
18. La décision
19. Le départ
20. La découverte
21. L'ennemi
22. La solution
23. L'héritier
24. Le soupçon

Pour en savoir plus,
rendez-vous à la p. 204

K. A. Applegate

LE SOUPÇON

Traduit de l'américain
par Florence Meyeres

ANIMORPHS

FOLIO JUNIOR/GALLIMARD JEUNESSE

Pour Michael et Jake

Titre original : *The Suspicion*
Edition originale publiée par Scholastic Inc., 1998

Illustration de couverture : David B. Mattingly

CHAPITRE 1

« En avant, valeureux guerriers ! Partez à la conquête de l'Univers ! Toute la galaxie doit trembler devant les Helmacrons. Tous les peuples doivent se soumettre. Ils doivent devenir nos esclaves. Car nous seuls sommes dignes d'être les maîtres de l'Univers. »

Discours posthume de l'empereur. Extrait du journal de bord du vaisseau helmacron Tueur des Étoiles.

Mon prénom est Cassie.

Il y a beaucoup de choses me concernant que je ne peux pas vous dire. Mon nom de famille, par exemple. Ou mon adresse.

Je vis dans un monde paranoïaque. J'aimerais que tout se passe autrement, mais c'est la réalité. Et je n'ai pas d'autre choix que d'inventer des histoires, de mentir, de tromper. Même si je tente désespérément de dire la vérité. Mais vous, vous

devez connaître cette vérité. Vous devez être avertis de ce qui arrive à la Terre, à l'humanité. Car ce n'est qu'en connaissant la vérité que vous pourrez lutter contre le mal terrible qui nous menace.

Je veux parler, bien entendu, des Yirks.

Pas des Helmacrons.

Les Yirks appartiennent à une espèce parasite qui vient d'une planète lointaine. Ils vivent originellement dans un milieu aquatique. Dans un Bassin yirk. A un certain stade de leur évolution, ils ont quitté la sécurité de leur bassin, qui limite leurs capacités sensorielles, et ils ont acquis la capacité de pénétrer dans le cerveau d'une espèce appelée les Gedds.

Pendant longtemps, probablement un millénaire, ils se sont contentés d'exister ainsi. Ils n'avaient aucune connaissance des voyages spatiaux ou de la technologie en général. Tout comme les humains, ils ne connaissaient pas non plus l'existence d'autres peuples dans la galaxie.

C'est en tout cas ce que nous a raconté notre ami andalite, Ax. Je suis sûre que cela serait fascinant d'étudier l'évolution de l'espèce yirk. Un peu comme il doit être fascinant d'étudier le choléra ou la typhoïde.

Il faudrait cependant prendre ses précautions. Car les Yirks représentent une maladie pour les humains. Ils se propagent tel un virus parmi la population.

Ils se frayent un chemin dans le canal auditif. Ils possèdent la capacité d'étirer leur corps, de se couler dans les détours de l'oreille interne et de s'infiltrer dans la boîte crânienne. Puis ils s'aplatissent et se fondent dans les interstices du cerveau.

Ils se relient au cerveau. Comme vous et moi sommes reliés à un ordinateur avec un clavier. Ils peuvent fouiller dans le moindre de vos souvenirs. Ils connaissent toutes vos pensées. Absolument toutes.

Et ils prennent totalement contrôle de vous. Ils bougent vos mains. Ils bougent vos pieds. Ils dirigent votre regard, inclinent votre tête et vous font sourire de cette manière qui n'appartient qu'à vous.

Les esclaves des Yirks, nous les appelons des Contrôleurs. Le peuple hork-bajir a été le premier peuple extraterrestre à être victime de leur

conquête. Puis ils s'en sont pris aux Taxxons. Ensuite, ils se sont attaqués à des douzaines d'autres espèces. Et ils s'acharnent maintenant sur leur plus belle proie : les *Homo sapiens*.

Les humains. Les humains, avec leurs doigts délicats et habiles comme jamais ne le sera un Taxxon, un Hork-Bajir ou un Gedd. Les humains qui peuvent se nourrir de presque tout, contrairement aux dévoreurs d'écorce que sont les Hork-Bajirs ou aux cannibales insatiables que sont les Taxxons. Les humains, qui sont bien plus nombreux que ces deux autres espèces réunies.

Nous sommes les hôtes parfaits. Moins dangereux que les Hork-Bajirs, mais avec des capacités d'adaptation bien supérieures.

Des milliards d'individus qui ne soupçonnent absolument pas le danger et qui refuseraient d'y croire. Pour les Yirks, nous sommes ce que l'or aztèque a été pour Cortés. Nous représentons la solution à tous leurs problèmes. Nous pouvons devenir l'instrument qui leur permettra de voyager loin de la Terre pour aller soumettre tous les êtres vivants de l'univers.

Les Andalites tentent de combattre cette invasion. Mais ils sont trop peu nombreux, trop peu armés et trop peu préparés. Tels des pompiers qui tentent de maîtriser un feu qui se répand d'immeuble en immeuble, les Andalites essaient de stopper l'invasion yirk.

Parfois, ils y parviennent, parfois non…

Les Andalites sont venus sur Terre pour arrêter la progression de ces envahisseurs extraterrestres. Au lieu de ça, ils ont été détruits. Ax, notre ami Aximili-Esgarrouth-Isthil, a ainsi réussi à rejoindre notre planète et à survivre pour finalement se joindre à nous.

Son frère, le prince Elfangor, a également rejoint notre planète. Et comme il savait qu'il était sur le point de mourir, il nous a transmis ce que la technologie andalite possède de plus sophistiqué : le pouvoir de morphoser. La capacité d'absorber l'ADN de n'importe quel animal rien qu'en le touchant, et ensuite de se transformer en cet animal.

Et nous, qui sommes-nous ? Moi. Ma meilleure amie, Rachel. Jake, notre chef, très mignon et très valeureux. Marco, le meilleur ami de Jake. Ax, l'Andalite. Et Tobias.

Tobias est une illustration des dangers de l'animorphe. Vous voyez, il a passé plus de deux heures morphosé. Si vous restez au-delà de cette limite de temps dans le corps d'un animal, vous y resterez pour toujours.

Maintenant vous savez. Maintenant vous savez contre quoi se battent les Animorphs.

Et vous réalisez pourquoi nous n'avions vraiment pas besoin d'une nouvelle invasion extraterrestre.

Ce que je veux dire, c'est que nous en avions largement assez d'une, vous ne croyez pas ?

CHAPITRE 2

« Ô grand empereur, sage parmi les sages, visionnaire parmi les visionnaires, nous avons enfin trouvé une planète propice à notre conquête ! Il s'agit d'un astre de grande taille, peuplé d'habitants de grande taille. Mais plus ils seront grands, plus ils deviendront petits, et plus ils trembleront d'effroi devant notre infinie puissance ! »

Extrait du journal de bord du vaisseau helmacron Tueur des Étoiles.

– Cassie, qu'est-ce que tu fais ?

Je me suis relevée en ressentant une douleur dans le dos. J'étais dans la benne arrière de la camionnette de mon père. Je venais juste d'y mettre une espèce de vieille bicyclette rouillée qui venait s'ajouter au reste des affaires dont nous voulions nous débarrasser.

J'ai passé la manche de mon sweat-shirt sur

mon front et j'ai baissé les yeux pour regarder Rachel.

Comme toujours, elle semblait tout droit sortie d'une page d'un magazine de mode. Rachel est la seule personne au monde qui peut passer sous un bus, être plongée dans une mare de boue, prise dans un ouragan et, malgré tout, rester parfaitement habillée, parfaitement coiffée et parfaitement maquillée.

Je trouve ça parfois un peu surnaturel.

Quant à moi, j'avais passé la matinée à nettoyer les cages et la grange, à donner son médicament à une oie plutôt énervée et à rassembler des vieux trucs en tout genre que nous voulions porter à une vente de charité. Eh bien on aurait dit... On aurait dit que j'étais passée sous un bus, que j'avais été plongée dans une mare de boue et prise dans un ouragan.

– Je travaille, ai-je dit d'un air maussade. Ça t'arrive jamais à toi ?

Rachel ne s'est pas vexée le moins du monde.

– Je n'ai que deux mots à te dire, Cassie : Ralph. Lauren. C'est une chose de se vautrer dans la boue, mais est-ce que tu es obligée de le faire en portant un jean pour garçon acheté au supermarché ? C'est pour ça que Ralph Lauren existe. Il fait des vêtements tout à fait adaptés aux gens qui aiment les activités de plein air.

Je me suis laissée glisser par terre. Puis j'ai saisi une motte de terre qui se trouvait à mes pieds.

– Viens par ici. Je voudrais juste vérifier si la saleté accepterait de s'accrocher à toi.

– Ne jette pas cette motte sur moi !

– C'est juste une expérience. J'ai besoin de vérifier si tu es vraiment humaine ! Si tu ne viens pas d'une planète où les gens restent propres quoi qu'ils fassent.

J'ai lancé doucement la motte en l'air. Rachel a donné un petit coup dedans et l'a laissée retomber par terre.

– Bien, montre-moi tes mains maintenant, ai-je demandé. C'était de la terre humide. Elle doit avoir collé à tes paumes.

Rachel s'est mise à rire et a refusé de me montrer ses mains.

– Bon, résumons la situation. Nous sommes samedi matin et il fait beau. Nous n'avons pas de

mission prévue, enfin d'après ce que je sais. Alors, tu vas passer le reste de la journée à travailler ? Ou est-ce que tu vas venir avec moi au centre commercial pour t'acheter un nouveau maillot de bain et m'accompagner à la plage ? J'ai besoin de parfaire mon bronzage.

– Mon bronzage est déjà parfait, ai-je répondu. Et je ne veux pas passer la journée à cuire sous le soleil pendant que tu reluques les garçons. J'ai des choses à faire.

Le visage de Rachel s'est crispé.

– Hé, qu'est-ce que c'est que ça ?

– De quoi tu parles ?

J'ai suivi la direction de son regard. Elle fixait une vieille pompe à eau. Une de celles qu'il faut actionner à la main. Nous ne nous en servions pas, c'était une sorte d'antiquité que ma mère trouvait décorative.

Un petit objet en métal argenté y était accroché.

– C'est un jouet, ai-je dit. Une miniature de vaisseau spatial. Un truc de *La Guerre des étoiles*, de *Star Trek* ou de je ne sais quoi encore.

J'ai essayé de retirer le petit objet de la pompe.

– Hum, il doit être aimanté.

– Tu sembles inquiète.

J'ai haussé les épaules.

– Juste une coïncidence.

J'ai regardé autour de nous pour être sûre que personne ne pouvait nous entendre.

– La pompe est l'endroit où j'ai caché le Cube Bleu. Il suffit juste de la dévisser du socle. Il se trouve juste là.

– Tu l'as caché ici ?

– Tu connaissais un meilleur endroit ?

Les Andalites ont donné un nom plus officiel au Cube Bleu. Plusieurs même. C'est l'appareil dont ils se servent pour transmettre le pouvoir de l'animorphe à un individu. Un jeune garçon prénommé David l'avait trouvé il y a peu de temps de cela. Nous l'avions alors utilisé pour faire de lui un Animorphs, mais il n'a pas su utiliser ses pouvoirs correctement.

David est aujourd'hui un rat. Oui, un rat. Il vivra désormais comme un rat, mourra comme un rat.

Ce n'est pas une chose à laquelle j'aime penser. Enfin, quoi qu'il en soit, une fois que nous avons récupéré le Cube Bleu, c'est moi qui ai été chargée de le cacher.

Et un vaisseau spatial miniature était accroché à l'endroit que j'avais choisi. J'ai tiré sur le petit objet argenté et je l'ai examiné. Il faisait peut-être six ou huit centimètres de long. Il avait la forme d'une matraque, avec trois séries de trois longs tubes à l'arrière et une tête de mort d'extraterrestre à l'air menaçant gravée sur le devant.

J'ai fait une grimace à Rachel.

– Des Romuliens de *Star Trek* ?

– Marco pourrait nous répondre. Ou Jake. Je te jure que l'un comme l'autre serait capable, rien qu'en jetant un coup d'œil à ce jouet, de se lancer dans une explication de dix minutes, pour t'apprendre de quelle série ou de quel film il sort, et dans quel épisode il apparaît.

– Je vais le jeter avec les autres objets destinés à la décharge, ai-je dit.

C'est ce que j'ai fait. Et puis j'ai regardé le ciel. Un magnifique soleil brillait, à peine voilé par de légers nuages.

– Bien, je ne suis pas le genre de personne à passer mon temps à la plage, mais cette journée est trop belle pour ne pas en profiter. Je viens avec toi.

Je vais juste chercher le bermuda de ma mère, le grand avec les rayures.

Rachel m'a jeté un regard qui en disait long : rempli d'horreur et de désespoir.

– Je plaisante, l'ai-je rassurée. C'était juste une blague, je vais enfiler un maillot. Qu'est-ce que c'est facile de te faire marcher, parfois.

CHAPITRE 3

« Ô puissant empereur parmi les puissants, seigneur de la galaxie, tes valeureux serviteurs ont été victimes d'un désastre ! Nos moteurs ont connu une défaillance. Nous recherchons sur cette planète une source d'énergie dans laquelle nous pourrions puiser. Mais une des créatures vivant sur cette planète nous a attaqués ! Nous avons subi des dommages, mais notre détermination reste entière. Le faible et infortuné capitaine du vaisseau Terreur des Planètes *pourra peut-être nous venir en aide pour que nous servions au mieux ta gloire éternelle ! »*

Extrait du journal de bord du vaisseau helmacron Tueur des Étoiles.

Nous sommes restées quelques heures à la plage. Je ne me suis jamais autant ennuyée de ma vie. Je suis désolée, mais je n'aime vraiment pas ça. Mais bon, Rachel s'est amusée, et elle est ma meilleure amie.

Nous sommes rentrées à la maison en maillot de bain et, lorsque nous sommes arrivées devant chez moi, j'ai vu que Jake nous attendait.

Jake est le chef des Animorphs. En grande partie parce qu'il est le seul à avoir suffisamment le sens des responsabilités pour remplir ce rôle.

Et, pour être honnête, je suis plutôt attirée par Jake. Et c'est réciproque. C'est le cousin de Rachel, et d'une certaine manière ils se ressemblent, ils sont tous les deux courageux et déterminés. Mais à la différence de Jake, Rachel peut parfois être imprudente. Et il se fiche de la manière dont je m'habille ou dont je me maquille à peu près autant que moi.

Il nous a repérées et il a fait comme s'il voulait se cacher. Et j'ai alors réalisé qu'il ne m'avait jamais vue en maillot de bain. C'est moi qui ai alors voulu me cacher.

– Hé ! s'est-il exclamé en jetant un petit coup d'œil sur moi avant de fixer son regard droit sur mon visage.

– Oh non, ça sent les ennuis, a remarqué Rachel en parlant assez fort pour que Jake puisse

entendre. Alors, à qui veux-tu qu'on aille botter les fesses ?

En temps normal, il aurait souri. Mais il s'est juste contenté d'avaler difficilement sa salive, de me dévisager de nouveau des pieds à la tête, avant de fixer de nouveau son regard sur mon visage tout en faisant une grimace.

– Il me trouve grosse, ai-je murmuré à Rachel.

– Cassie, tu es désespérante. Tu ne connais absolument rien aux garçons. C'est pas possible. Ce n'est pas un regard qui signifie : « Elle est grosse. » C'est un regard qui veut dire : « Whaou, elle est vraiment super, mais il ne vaut mieux pas que je le montre, ou elle trouvera que je l'observe de manière un peu trop insistante. »

Nous nous sommes rapprochées de l'endroit où se trouvait Jake.

– Je... je suis venu apporter des trucs pour la vente de charité. Tu te souviens, je t'avais dit que je le ferais. Alors, je l'ai fait. Plusieurs trucs. Je les ai donnés à ton père, et il les a pris. Il vient juste de partir.

Je dois admettre qu'il ne semblait pas vraiment lui-même. Rachel était passée derrière lui et en a profité pour faire une grimace, imitant ainsi l'air embarrassé de Jake.

J'ai dû me retenir de rire, quand j'ai vu une chose qui m'a glacé le sang.

Il y avait un autre petit vaisseau spatial accroché à la pompe à eau.

Je me suis précipitée vers l'objet.

– Jake, est-ce que tu as sorti ce machin de la camionnette ? ai-je demandé.

– Quoi ? Non. Qu'est-ce que c'est ?

J'ai fixé l'objet attentivement, j'ai froncé les sourcils, puis je l'ai fixé encore. Le petit vaisseau spatial miniature était revenu. Sauf que ce n'était pas le même. Celui-ci était plus court, plus large, avec deux gros moteurs à l'arrière à la place des trois séries de trois tubes. Et la tête qui ornait l'avant était également différente. Il s'agissait toujours d'une tête de mort, mais différente.

– Ce n'est pas le même, ai-je dit à Rachel. Il lui ressemble, mais ce n'est pas le même.

Rachel a arrêté de faire ses grimaces. Jake nous a regardées toutes les deux, avec un air étonné.

Et soudain, à notre plus grande stupéfaction, le

petit « jouet » s'est écarté de la pompe, s'est stabilisé dans les airs et s'est éloigné rapidement en manquant de peu la tête de Rachel.

– Mais qu'est-ce que c'est que ça ? a demandé Jake.

Rachel a haussé les épaules.

– Nous pensions à des Romuliens, a-t-elle dit.

– Jake, tu sais ce qui est caché dans cette pompe ?

– Bien sûr que oui, je le sais.

Il a remué doucement la tête. Et il a déclaré sur son ton de chef :

– Bien, changement de programme pour ce week-end. Cassie, toi et Rachel vous allez morphoser immédiatement pour aller chercher Tobias et Ax dans les bois. Je vais aller trouver Marco. Retour ici dans une demi-heure. On y va.

CHAPITRE
4

Nous étions tous rassemblés. Jake, Rachel, Marco, Ax dans son corps d'Andalite (qui est un croisement entre un cerf bleu, un centaure et un scorpion) et Tobias qui, bien qu'il ait retrouvé la capacité de morphoser, était en faucon à queue rousse.

Nous étions réunis pour essayer de décider ce que nous devions faire, si toutefois nous devions faire quelque chose, à propos de ce jouet volant, de ce vaisseau spatial miniature.

Mais, en fait, seules deux solutions s'offraient à nous. L'une d'elles était d'en parler à Ax.

– Ax, est-ce qu'il serait possible que les Yirks utilisent une sorte de petite chose, heu... volante miniaturisée pour localiser le Cube Bleu ? lui demanda Jake.

< Une chose volante, prince Jake ? Que veux-tu dire par là ? >

– Une chose volante, ce doit être une chose qui vole, est intervenu Marco de manière très pertinente.

– Comme une... comme une maquette de vaisseau spatial, a repris Jake en ignorant la remarque de Marco.

< Pourquoi utiliseraient-ils une maquette de vaisseau spatial ? s'est étonné Ax. Ils en possèdent des vrais. >

Ses yeux principaux regardaient Jake, tandis que ses tentacules oculaires étaient dirigés vers Marco et moi.

Jake a haussé les épaules et a jeté un coup d'œil dans ma direction. J'ai également haussé les épaules.

Ce qui nous amenait à la deuxième solution : aller à la vente de charité et retrouver le jouet que mon père avait emporté.

Nous nous sommes envolés après avoir tous morphosé en mouettes. Tous à l'exception de Tobias qui, lui, avait déjà ses propres ailes.

Nous avons ensuite démorphosé, et Rachel, Jake et moi sommes entrés dans le bâtiment où était organisée la vente. Nous avons jeté un coup d'œil sur les étalages et nous nous sommes rendu compte que le jouet que nous cherchions avait disparu.

Je suis allée voir la personne qui était chargée de l'accueil. Un garçon de notre âge.

– Salut ! Mon père a déposé des jouets ici il y a quelques heures, entre autres choses. Et, en fait, il se trouve qu'il vous a donné des choses qu'il n'aurait pas dû.

– Oui, son vaisseau spatial miniature, a ajouté Rachel en montrant Jake du doigt.

– Oui, c'est exact, mon vaisseau spatial miniature.

– Si ça ne fait pas longtemps qu'il l'a apporté, il doit être dans la réserve. Ils ont probablement fait un tri et ils l'ont mis avec les autres jouets.

– Super, est-ce qu'on pourrait jeter un coup d'œil ? ai-je demandé en faisant le sourire le plus persuasif possible.

– Quel genre de vaisseau était-ce ?

– Un jouet, a répondu Jake.

Le garçon a haussé les sourcils.

– Ce que je veux dire, de quel modèle ? Un Romulien ? Un vaisseau de la Fédération ? Un Klingon ? Un Dominion ? Était-ce plutôt un vaisseau de *La Guerre des étoiles*, de l'Empire ?

Rachel et moi avons toutes deux regardé Jake.

– Un Romulien, a-t-il fait.

Le garçon a balancé son pouce par-dessus son épaule.

– Derrière. Mais n'essayez pas de prendre quelque chose qui ne vous appartient pas. Vous avez intérêt à ressortir d'ici avec un vaisseau romulien.

– Nous avons vraiment de la chance, il faut que nous tombions sur un fan de science-fiction, a grommelé Jake.

Nous avons poussé des portes battantes pour nous retrouver sur un quai de déchargement. Il y avait plein de meubles empilés çà et là. Des caisses entières de vieux appareils électroménagers. De vieilles télévisions. Beaucoup de vêtements et un amas de jouets de toutes sortes. Des poupées, des figurines articulées, des jeux de société, des Lego, un tricycle. On aurait dit que tous les jouets de dix ans et plus s'étaient donné rendez-vous là, sur ce sol en béton.

– Bon, est-ce que tu le vois ? m'a demandé Jake.

J'ai marché avec précaution parmi les jouets entassés là, les Barbie sans cheveux et les GI-Joe sans tête, puis j'ai repéré une espèce de tas.

– Le voilà !

– Ce machin qui se trouve entre le bâtiment de croisière klingon et la base de communication GI-Joe ?

J'ai ouvert de grands yeux.

– Tu es bien un garçon. Tu sais, parfois j'oublie presque que tu es un... enfin tu sais quoi. Je veux dire, c'est trop mignon.

– Sortez les violons !

C'était Rachel, bien sûr. Jake a soupiré et s'est approché pour attraper le petit objet. Il l'a retourné et l'a examiné attentivement.

Et soudain, à travers la baie vitrée entrouverte...

Un rapide petit engin argenté, ne mesurant pas plus d'une dizaine de centimètres de long, a piqué droit sur nous.

– Whaou ! s'est exclamé Jake en le voyant. Ils

font vraiment des jouets super. Je n'ai jamais eu de vaisseau spatial qui pouvait...

Tseeeew ! Tseeew !

– Aiiiiee ! Ouaaahhh !

– Qu'est-ce qui se passe ? me suis-je écriée en me précipitant vers Jake.

Il se protégeait le bras droit. J'ai essayé de comprendre ce qui s'était passé et j'ai vu deux petites marques de brûlure sur la manche de sa tenue d'animorphe.

– Ce petit vaisseau spatial vient de me tirer dessus !

CHAPITRE 5

« Ô chef tout-puissant ! Nous avons localisé les imprudents du Tueur des Étoiles. *Ils avaient réussi à se faire capturer par les créatures géantes de ce monde. Mais le loyal équipage de ton vaisseau* Terreur des Planètes *détruira tout ce qui s'oppose à tes desseins et sauvera cet infortuné vaisseau pour qu'il puisse, à l'avenir et par pur hasard, servir tes grands projets. »*

Extrait du journal de bord du vaisseau helmacron Terreur des Planètes.

Le petit engin est passé rapidement devant nous et j'ai vu l'habitacle resplendir d'une lueur bleue. Il s'est dirigé vers le toit du hangar et a de nouveau piqué dans notre direction.

Tseeew ! Tseeew !

J'ai ressenti deux piqûres sur mon épaule gauche.

– Aïïïïe ! Ça fait mal !

– Vite, mettons-nous à l'abri ! a crié Jake.

– A l'abri ? s'est écriée Rachel. Nous n'allons pas fuir devant un jouet quand même ! Vous allez voir.

Elle a attrapé une vieille batte de base-ball qui traînait sur une pile de jouets et l'a posée de manière très professionnelle sur son épaule.

– Viens là, espèce de petite cochonnerie !

Tseeew ! Tseeew !

– Ah ! mes cheveux ! Il a tiré dans mes cheveux !

Nous avons tous regardé vers le sol avec horreur. Là, sur la dalle de béton, nous avons vu qu'une petite dizaine de longs cheveux blonds, dont l'extrémité fumait encore, était tombés par terre.

– Cette fois, c'est fini pour toi, a prévenu Rachel en frappant avec sa batte.

Mais elle est passée juste quelques centimètres au-dessus du petit vaisseau qui a réussi à éviter le coup.

– Ça ne me fait pas plaisir, mais je suis obligé de te le dire : tu as manqué ta cible ! s'est moqué Jake en réprimant difficilement un petit sourire.

– Ah ! ah ! ah ! Très drôle, Jake, a répliqué sèchement Rachel. Mais tu riras moins quand j'aurai envoyé ce truc contre le mur.

Le petit vaisseau a effectué un nouveau demi-tour pour revenir vers nous. Sur notre côté.

Tseeew ! Tseeew !

Cette fois, nous avons évité les tirs. Rachel a agité la batte au-dessus de sa tête, mais elle a encore manqué sa cible.

– Comme je le proposais, est-ce qu'on ne ferait pas mieux de se replier ? a suggéré Jake.

Nous nous sommes éloignés de la pile de jouets en baissant la tête, et le petit vaisseau s'est posé près de l'autre petit engin argenté.

Je me suis relevée prudemment pour observer ce qui allait se passer. Un rayon de lumière rouge, fin comme un cheveu, a relié les deux vaisseaux.

Jake et Rachel se sont également relevés pour voir.

– Bien, rien de très étrange, a estimé cette dernière.

– Regardez, l'autre engin se met aussi à décoller maintenant ! s'est exclamé Jake. C'est comme s'il

leur avait donné un coup de démarreur. N'essaie pas de les frapper avec ta batte, Rachel. Ils vont peut-être partir d'eux-mêmes.

Mais ce n'est pas ce qu'ils ont fait. Les deux vaisseaux se sont élevés du sol et se sont mis à planer au niveau de nos yeux, en dirigeant leur nez droit vers nous.

– Bien, tiens-toi prête à frapper, a prévenu Jake. S'ils tirent, tu y vas.

Et soudain, à notre plus grande surprise, nous avons entendu une parole mentale résonner dans nos têtes.

< Étrangers ! Donnez-nous la source de pouvoir ! Donnez-la-nous et nous vous laisserons devenir nos esclaves. Nous ne vous détruirons pas comme nous détruirons le reste des êtres vivants de cette planète ! >

– La source de pouvoir ? a répété Jake.

– Le Cube Bleu, ai-je dit en ayant une soudaine illumination. C'est la raison pour laquelle ils ont atterri sur la pompe à eau. Ils pensent que le Cube Bleu est une source de pouvoir.

– Peut-être que pour eux c'en est une, a remarqué Rachel. Mais ils ne sont pas vraiment polis, n'est-ce pas ?

Nous avons alors entendu une autre parole mentale, toujours aussi sûre d'elle :

< Non, nous ne laisserons pas la vie sauve à vous trois ! Nous n'épargnerons que celui qui nous mènera jusqu'à la source du pouvoir. Sur les autres s'abattra le courroux des vaillants Helmacrons, les maîtres naturels et incontestés de la galaxie ! >

Rachel a jeté un coup d'œil à Jake.

– Et maintenant, je peux frapper ?

J'ai fait un pas en avant, espérant pouvoir trouver une solution pacifique. J'ai levé mes mains pour montrer qu'elles étaient vides. J'ai souri et j'ai dit :

– Hé, bienvenue sur la Terre. Écoutez, certaines de vos paroles ne sont pas très amicales. Et je suis sûre que ce n'est pas vraiment ce que vous pensez. Mais…

< Ne seriez-vous pas en train d'insulter l'élite des forces spatiales helmacrons ? Et qui insulte l'équipage du *Tueur des Étoiles* sera réduit en miettes, ses miettes se transformeront en poussières et ces poussières seront éparpillées par le vent ! >

– D'accord, d'accord. Essayons encore.

Tseeew ! Tseeew !

De petits rayons firent des trous de la taille d'une tête d'épingle dans ma tenue d'animorphe.

Puis, sans autre explication, les deux petits vaisseaux ont fait demi-tour et sont sortis par une porte ouverte.

Pendant une bonne dizaine de secondes, nous sommes restés là à nous regarder. De nombreux mots auraient pu exprimer ce que nous ressentions alors : l'incrédulité, la stupéfaction, l'incompréhension. Et la colère.

Rachel reprit la parole la première :

– Bien sûr, comme si nous n'avions déjà pas assez de problèmes comme ça avec les extraterrestres ?

C'est alors que j'ai compris.

– Le Cube ! Ils vont retourner chercher le Cube Bleu !

CHAPITRE 6

– Tobias, suis-les ! s'est écrié Jake comme nous sautions sur le sol en contrebas. Nous te rejoignons dès que nous le pouvons.

Nous n'avions pas de temps à perdre. Il fallait que nous retournions chez moi avant que les Helmacrons ne trouvent un moyen de s'emparer du Cube Bleu. Nous avons repéré un camion utilisé pour la vente de charité. Il était vide et ouvert. Nous sommes montés à l'arrière et avons refermé la porte sans la claquer. Il y avait assez de place pour que nous puissions passer une fois que nous aurions morphosé.

Je me suis concentrée sur l'ADN du balbuzard qui était en moi. J'ai commencé à ressentir la sensation familière de la transformation. Morphoser est une

véritable révolution pour votre corps : des organes disparaissent, les os se tordent et des membres nouveaux apparaissent. Cela devrait être l'expérience la plus douloureuse qu'aucun humain ait jamais supportée. Mais la technologie de l'animorphe est indolore. Elle agit comme un calmant sur la douleur.

Mais, comme lorsque vous allez chez le dentiste et qu'il vous fait une piqûre anesthésiante, vous savez que la douleur est là. Ce que je veux dire, c'est que vous savez qu'elle existe, mais qu'elle n'atteint pas votre cerveau.

C'était très étrange. Même lorsque ce n'était pas une animorphe que vous utilisiez pour la première fois, comme avec ce balbuzard.

On pouvait deviner, très très loin, l'horrible douleur qui accompagnait l'apparition de cloques sur ma peau, puis la formation progressive de petits losanges qui grandissaient, grandissaient, pour finalement se transformer en milliers de plumes recouvrant ma chair. Mon dos, ma poitrine, mes bras, mes jambes, mon visage, tout cela s'est couvert de plumes à la vitesse d'un film passé en accéléré.

Mes lèvres se sont mises à grossir tout en durcissant, et un bec recourbé et coupant est apparu soudain. Mes doigts se sont allongés et mes bras ont rétréci. Et puis : snap ! snap ! Les os de mes bras et de mes épaules d'humain sont devenus les petits os des ailes et des épaules d'un oiseau.

Je devenais de plus en plus petite, bien entendu, et le camion me paraissait, lui, de plus en plus grand. Deux de mes orteils se sont fondus dans les autres, et tous se sont transformés en une chose dure et rugueuse. Les os de mes talons ont transpercé ma peau pour se métamorphoser en serres.

Et malgré tout cela, alors que je voyais mes amis subir les mêmes transformations étranges que moi, nous continuions à parler comme si de rien n'était.

C'est incroyable comme on s'habitue à tout. Incroyable.

< Attends une minute, disait Marco. Tu es en train de m'expliquer que ce sont de vrais vaisseaux spatiaux ? De huit centimètres de long ? >

< Peut-être dix, ai-je répondu. Je n'avais pas de règle. >

< Ax, que sais-tu d'un peuple extraterrestre appelé les Helmacrons ? > a demandé Jake.

< Rien. Je n'ai jamais entendu parler d'un tel peuple. >

< Comment des extraterrestres peuvent-ils être aussi petits ? a repris Marco. Ça n'a pas de sens. Il leur aurait fallu voyager plus vite que la vitesse de la lumière. Et ça dans un vaisseau de quelques centimètres de long ? >

< Ils ne semblaient pas de cet avis, est intervenu Jake. En fait, cela ne leur fait rien d'être petits. Ils semblent avoir une haute opinion d'eux-mêmes. >

< Qu'est-ce que tu veux dire ? > a voulu savoir Ax.

< Eh bien, ils ont affirmé vouloir nous transformer en esclaves, ai-je expliqué. Ils voulaient conquérir le monde. >

< Plutôt ambitieux pour des minus >, a ricané Marco.

< Nous ne savons pas exactement quelle est la taille de ces Helmacrons, a remarqué Ax. Ils peuvent être de n'importe quelle taille en fait. Ces vaisseaux spatiaux n'étaient peut-être que des robots.

Des robots miniaturisés venus en éclaireurs. Il n'y avait pas forcément d'Helmacrons à l'intérieur. Ils pouvaient être ailleurs et les commander à distance. >

< Arrêtons de faire des suppositions et allons voir ce qui se passe >, a fait Rachel qui s'impatientait.

Elle avait morphosé en aigle et avait une envergure impressionnante. Elle a marché sur ses serres jusqu'à la porte entrouverte, puis s'est faufilée à l'extérieur.

Je l'ai suivie. J'ai sauté sur les pare-chocs du camion et je me suis jetée dans le vide en agitant mes ailes pour essayer de m'envoler. Mais il n'y avait aucun courant d'air dans l'endroit où nous nous trouvions, et j'ai dû trottiner sur le sol pendant quelques mètres avant de pouvoir décoller.

J'ai fait beaucoup d'efforts pour atteindre mes six premiers mètres d'altitude. Mais une fois au-dessus des toits, j'ai réussi à attraper une bonne petite brise, sur laquelle je me suis appuyée pour monter encore plus haut.

Tous les cinq, nous avons dû battre des ailes énergiquement tout en décrivant des cercles dans le

ciel avant d'être à une altitude satisfaisante, en sécurité au-dessus des lignes à haute tension et des enseignes lumineuses des stations-service.

Nous retournions chez moi, en espérant que c'était la bonne chose à faire. J'ai scruté le ciel au-dessus de ma tête pour voir si j'apercevais Tobias. Les balbuzards, comme les autres oiseaux de proie, ont une vue extraordinaire.

Mais c'est Rachel qui l'a repéré la première. Il n'était qu'un petit point dans le lointain, à mi-chemin entre nous et la ferme de mes parents.

< Le voilà, a-t-elle dit. Il est trop loin pour que nous utilisions la parole mentale. >

< Essayons de le rattraper, a décidé Jake. Tant pis si l'on ne reste pas groupés. Chacun essaie de le rejoindre au plus vite. >

< De toute manière, nous sommes trop repérables en volant comme ça, a ajouté Marco. On dirait un défilé de rapaces organisé par la Société protectrice des oiseaux. >

A ma grande surprise, la distance qui nous séparait de Tobias a commencé à se réduire. Ce qui ne semblait pas vraiment possible, puisque aucun de nous n'était plus rapide que lui, mis à part Jake dans son animorphe de faucon pèlerin.

< Il n'avance plus, nous a prévenus Jake. Il... Oh non ! Il semble avoir des problèmes avec un des vaisseaux ! >

Ax a alors exprimé l'idée qui commençait à germer dans ma tête.

< Un rayon Dracon qui ne peut provoquer qu'une piqûre sur un humain peut se montrer autrement plus dangereux pour une créature de petite taille comme l'est Tobias. >

Soudain, les Helmacrons ne nous ont plus semblé aussi drôles.

CHAPITRE 7

Avec mes yeux de balbuzard, j'ai pu observer l'étrange bataille aérienne bien avant de m'en être vraiment approchée. Tobias montait, plongeait, tournoyait, roulait sur lui-même, en utilisant au mieux les courants thermiques, montrant ainsi l'étendue de ses talents d'acrobate aérien.

Mais les deux vaisseaux helmacrons imitaient quasiment chacun de ses mouvements.

< Le Baron Rouge dans ses œuvres >, a fait Marco.

En effet, cela ressemblait assez à une étrange parodie de bataille aérienne de la Première Guerre mondiale. Mais au lieu de se servir de mitraillettes, les Helmacrons faisaient feu avec leurs minuscules lance-rayons Dracon. Je pouvais voir les plumes brûlées de Tobias. Mais Rachel a remarqué quelque chose qui m'avait échappé.

< Ils visent ses yeux ! Ils veulent le rendre aveugle ! >

Jake a été le premier à rejoindre la bataille. Rachel l'a suivi de près. Nous sommes arrivés une trentaine de secondes plus tard.

Rachel a foncé droit sur le premier vaisseau. Elle l'a heurté de plein fouet avec ses serres pour l'agripper fortement et l'envoyer valser dans les airs. Elle est ensuite venue nous rejoindre.

Jake a essayé de faire la même chose avec le second vaisseau qui a réussi à esquiver son attaque. Mais, par chance, en effectuant cette manœuvre, l'engin s'est rapproché de moi. Et, désormais, j'étais furieuse. Ils avaient essayé de rendre Tobias aveugle.

Le petit vaisseau s'est dirigé vers moi en tirant des salves de rayons Dracon miniatures. J'ai déployé mes ailes en grand pour attraper un courant d'air ascendant et j'ai rapidement pris de l'altitude. Mais je n'ai pas pu me retourner assez rapidement pour tendre mes serres vers l'avant et je n'ai réussi qu'à lui donner un coup de bec.

Ce qui n'était pas une bonne idée. J'ai été un peu sonnée par l'impact et j'ai vu le paysage danser autour de moi.

Je ne comptais pas essayer une seconde fois. Heureusement, le vaisseau helmacron n'est pas revenu à la charge. Il s'est éloigné et a pris la direction de ma maison qui n'était plus qu'à quelques centaines de mètres de là.

Nous étions des oiseaux rapides, mais les Helmacrons étaient encore plus rapides que nous. Ils avaient décidé d'éviter la lutte pour rejoindre le plus rapidement possible la pompe à eau, avant que nous puissions nous mettre en ligne pour leur couper la route.

< Il faut que nous les arrêtions ! > a hurlé Rachel.

Il fallait pourtant se rendre à l'évidence : ailes contre moteurs, nous n'avions aucune chance de gagner cette course.

< Tout va bien, Tobias ? > lui ai-je demandé alors que nous volions.

< Oui, juste quelques petites brûlures çà et là. Ils ont presque réussi à toucher mon œil droit. Vous êtes arrivés juste à temps. >

Ax était dans une animorphe de busard, non loin derrière nous.

< La question est : pourquoi ont-ils attaqué Tobias ? > a-t-il remarqué.

< Parce qu'il les suivait >, a suggéré Jake.

< Ils auraient dû penser qu'il s'agissait juste d'un oiseau normal, a continué Ax. Ils sont certainement capables de faire la différence entre les humains et les autres créatures terrestres. >

< Es-tu en train de nous dire qu'ils connaissent la véritable nature de Tobias ? > ai-je demandé.

< Je ne sais pas, a répondu Ax avec circonspection. Simplement, je trouve cela préoccupant. >

En effet. J'étais également inquiète, maintenant. Pourquoi les Helmacrons avaient-ils essayé de tuer un oiseau ?

Mais nous n'avions pas vraiment le temps de penser à tout ça. Nous devions récupérer le Cube Bleu. Avec ma vue perçante, je me suis rendu compte que la situation était critique. Les deux petits vaisseaux étaient en vol stationnaire au-dessus de la pompe. Je pouvais distinguer les petits rayons d'énergie qui découpaient lentement le métal de l'objet.

J'ai redoublé d'efforts, battant des ailes aussi rapidement que je le pouvais. Et pendant ce temps, les Helmacrons continuaient leur travail, s'approchant peu à peu du but.

Nous nous trouvions encore à plus de cent mètres d'eux lorsque la pompe s'est purement et simplement ouverte en deux avant de s'effondrer sur le sol. Et, posé au milieu, le Cube Bleu est alors apparu aux regards de tous.

Nous approchions encore et encore, Jake en tête, suivi de près par Rachel. Nous autres étions regroupés derrière eux. Les deux engins ont alors projeté un rayon d'une couleur verdâtre, différent de celui dont ils se servaient pour nous attaquer. Il provenait de sous la coque des vaisseaux qui se sont immobilisés au-dessus du Cube Bleu.

L'objet s'est mis à bouger.

< Des rayons-tracteurs ! s'est écrié Ax. Ils tentent de s'emparer du cube ! >

Ils ont ensuite pris de l'altitude en entraînant l'objet avec eux. Ils ont tourné, et le cube a tourné.

Et Jake a frappé.

Puis Rachel.

Un des vaisseaux a battu en retraite en arrêtant d'émettre son rayon-tracteur. Le cube est retombé sur le sol.

Le premier combat aérien n'avait été qu'un échauffement. Les choses sérieuses allaient maintenant commencer.

CHAPITRE 8

< Rachel, attention ! Il est derrière ! >

< Je vais l'avoir ! >

< Cassie, vire à gauche, à gauche toute ! >

J'ai fait un brusque écart, et les deux rayons m'ont manquée d'un millimètre.

C'était de la folie. Les deux minuscules vaisseaux argentés virevoltaient, viraient et tiraient comme des fous au milieu de six oiseaux de proie déchaînés.

Et tout cela se passait chez moi, dans ma cour. C'était une bonne chose que mes parents soient sortis.

< Cassie ! Au-dessus de toi ! > a hurlé Tobias.

Je suis montée en chandelle tout en me retournant, et je me suis quasiment retrouvée nez à nez avec l'ennemi qui amorçait une descente devant moi. J'ai tendu mes serres en avant, mais je n'avais pas assez de vitesse. Et, pire encore, je commençais à me sentir fatiguée.

Les oiseaux de proie ne sont pas des oies sauvages. Ils ne sont pas faits pour parcourir de longues distances sans planer pendant quelque temps pour se reposer. Et encore moins pour jouer au chat et à la souris dans les airs durant vingt minutes d'affilée.

Nous étions tous épuisés. Vous ne pouvez pas savoir comme c'est dur de battre des ailes sans arrêt, et je ne vous parle même pas du fait de changer de direction toutes les deux secondes.

Mais les Helmacrons, eux, n'étaient pas fatigués. Et si leurs rayons Dracon ne pouvaient pas nous tuer, nos becs et nos serres ne pouvaient pas les détruire non plus. Nous pouvions les gêner, mais nous étions incapables de les stopper pour de bon.

Rachel a été la première à se poser. Elle s'est pratiquement effondrée dans la poussière. C'est elle qui avait la plus grande animorphe, la moins endurante quand il s'agissait de tourner et de virer dans tous les sens.

< Je… a-t-elle haleté. Je n'en peux plus… >

< Aaaaahhh ! > a hurlé Ax.

Un rayon helmacron avait atteint sa cible. J'ai vu une petite brûlure dans son œil droit. Il a atterri également. Le fait de démorphoser ferait progressivement disparaître la douleur, mais je savais qu'il devait souffrir.

Un des vaisseaux a abandonné le combat pour retourner près du Cube Bleu. Je ne pouvais pas laisser faire ça.

Je me suis posée à mon tour et j'ai commencé à démorphoser aussi vite que j'ai pu. Il y a des fois où rien ne vaut un corps humain. Je grandissais rapidement et j'ai immédiatement essayé d'attraper le vaisseau helmacron avec mes doigts qui avaient partiellement émergé de mes ailes, tandis que mes pieds étaient encore des serres.

Le rayon vert pâle s'était de nouveau fixé sur le Cube Bleu. Le vaisseau a pris de l'altitude en entraînant l'objet avec lui, bien que ce dernier ait été plus gros que le vaisseau lui-même.

Les Helmacrons se sont ensuite dirigés vers la porte ouverte de la grange. Savaient-ils ce qu'ils faisaient ? Non, il aurait fallu être stupide. Ils ne se doutaient certainement pas que nous pouvions les prendre au piège dans cet endroit.

J'étais de plus en plus humaine et je pouvais marcher de mieux en mieux. Je suis partie à la poursuite du cube andalite.

A l'intérieur de la grange, le soleil passait à travers les dizaines de petites fentes et de petits trous qu'il y avait dans ou entre les planches de bois. Mais il faisait cependant relativement sombre. Les cages de petite taille étaient rangées bien en ordre sur ma droite. Les plus grandes étaient sur ma gauche. Un mur qui s'élevait à mi-hauteur séparait les gros prédateurs des autres animaux. Et encore au-delà se trouvaient les étables.

Les chevaux étaient tous dehors dans les prés. Mais dans la grange, nous avions une douzaine de chauves-souris, deux lapins, deux ratons laveurs, un campagnol, un écureuil, deux daims, un blaireau, une oie, deux palombes, un renard, trois canards, un faucon, un rouge-gorge et un pic-vert.

Sans parler des différents rongeurs, rats et souris, qui avaient élu domicile ici.

Le vaisseau helmacron a stoppé, suspendu dans les airs. Il était installé sur le Cube Bleu, comme une poule en train de couver un œuf.

– Laissez-nous prendre cet objet, ai-je dit. Sinon, je serai obligée de vous faire du mal.

< Rendez-vous ou vous serez détruits ! > m'ont-ils répondu.

– Je ne crois pas. En fait, je ne pense pas que vous ayez réellement les moyens de conquérir la Terre.

– Nous allons vous écraser ! Tous les humains deviendront nos esclaves ! >

– Excusez-moi, je ne voudrais pas vous paraître impolie ou...

Je cherchais comment tourner ma phrase.

– ... me moquer de votre taille, mais il ne vous est pas venu à l'esprit que nous sommes peut-être un peu grands pour vous ? Vous savez, votre vaisseau est plus petit que mon pied. Et vos armes ne nous font pas vraiment mal.

Je pensais leur avoir donné matière à réflexion, car ils sont restés silencieux. Je me suis dit : « Bien, ils vont peut-être se rendre à l'évidence. »

Flash !

J'ai fermé les yeux tout en mettant les mains devant mon visage, mais trop tard pour me protéger de cet éclair de lumière verte d'une rare intensité. Je n'étais pas blessée, mais j'avais du mal à retrouver la vue.

Et c'est alors que j'ai remarqué quelque chose de très étrange.

Les cages grandissaient. Ainsi que les animaux qui se trouvaient à l'intérieur. Le vaisseau helmacron et le Cube Bleu également.

– Oh non ! me suis-je exclamée, plus étonnée qu'effrayée. Je suis en train de rétrécir.

CHAPITRE
9

Je devenais de plus en plus petite. Et la transformation se faisait rapidement.

Il m'était déjà arrivé de rapetisser, lorsque j'avais morphosé en insecte, par exemple. Mais, cette fois-ci, c'était différent. Ma taille diminuait et j'avais toujours mon corps d'humain.

Ce qu'il y avait de bien, c'est que ma tenue d'animorphe rétrécissait elle aussi. Ce n'est déjà pas drôle de changer de taille, alors si en plus vous devez le faire sans vos vêtements...

– Hé ! ai-je crié. Qu'est-ce que vous m'avez fait ?

< Ah ! Vous les humains, vous êtes fiers de votre grosse carcasse ! Vous osez nous défier ! Nous allons voir si vous serez encore aussi braves lorsque vous ferez la même taille que nous. Vous

allez subir une cinglante défaite ! Vous allez connaître les affres de l'humiliation ! >

– Je ne suis pas fière de... Et je n'ai pas une grosse carcasse ! Arrêtez ça tout de suite ! Vous m'entendez ?

Je continuais à rétrécir. Je ne devais plus mesurer qu'une trentaine de centimètres. Et je rétrécissais toujours. J'ai regardé au-dessus de moi et j'ai vu un raton laveur.

Il était plus gros que moi. Et il ne me fixait pas d'un air très aimable.

< Cassie ! >

Je me suis retournée et j'ai repéré Tobias, gros comme un Boeing 747, qui entrait dans la grange et qui s'apprêtait à se poser.

– Tobias, attention ! Ils ont un rayon rétrécissant !

< Un quoi ? >

Flash !

– Tu vas comprendre rapidement.

< Ha ! ha ! Vous pensiez pouvoir résister aux puissants Helmacrons parce que vous êtes grands et que vous possédez le pouvoir de transformation ! Mais nous le possédons également ! Rétrécissez !

Rétrécissez ! Et devenez nos abjects et lamentables esclaves ! >

< Hé ! s'est exclamé Tobias, complètement éberlué. Je suis en train de rapetisser. Et, toi, tu es déjà toute petite ! >

– Tobias, il faut que nous prévenions les autres, qu'ils n'entrent pas ici ! D'une manière ou d'une autre, ils doivent se servir du pouvoir du Cube Bleu pour faire ça.

< Je ne peux pas te laisser, tu fais moins de dix centimètres ! >

– Va prévenir les autres ! ai-je crié.

Tobias a fait demi-tour, mais sa taille diminuait rapidement. Il n'était déjà pas plus grand qu'un oiseau-mouche. La porte se trouvait désormais à une grande distance de lui.

< Bien, ça ne va pas être facile >, a-t-il dit.

Une forme énorme est alors apparue précipitamment dans l'encadrement de la porte : Marco.

– File d'ici ! ai-je hurlé.

Mais tout ce qu'il a entendu a été :

– File d'ici !

Flash !

– Hé, s'est écrié Marco, pas de photos.

< Marco, vite, avant que tu rétrécisses. Va prévenir les autres de ne pas entrer. >

– Leur dire quoi ? Avant que je ne fasse quoi ?

Mais il s'est retourné et a crié par-dessus son épaule :

– Jake ! Rachel ! Ax ! Restez dehors !

J'ai remarqué qu'il avait dirigé son regard vers le sol et qu'il me fixait. Sa tête était à peu près de la taille d'un ballon dirigeable s'apprêtant à m'atterrir dessus.

– Oh, ça ne me dit rien qui vaille, a-t-il marmonné.

Je continuais toujours à rétrécir. Désormais, je ne devais pas être plus grande qu'un cafard. Le toit de la grange me semblait aussi lointain que le ciel. Le peu de lumière qui entrait me faisait penser aux reflets de la lune dans la nuit. Marco se tenait là, avec des jambes grosses comme des baobabs et des pieds de la taille du *Titanic*.

– Que se passe-t-il là dedans ? a crié Jake.

– Eh bien, a expliqué calmement Marco, les Helmacrons ont le Cube Bleu et ils s'en servent d'une manière assez particulière.

– Je vais entrer, a repris Jake sur un ton décidé.

– Non ! a hurlé Marco d'une voix qui paraissait s'éloigner progressivement. Non, Ax et toi vous restez dehors.

Puis, après une courte pause, il a ajouté :

– Rachel, tu peux venir.

< Marco ! > a protesté Tobias.

– Et alors, elle veut toujours se trouver au cœur de la bataille, non ? Alors je lui propose un petit voyage chez les Lilliputiens.

< Rachel, Jake, tout le monde reste dehors ! > a ordonné Tobias en utilisant la parole mentale que nous pouvions tous entendre distinctement.

– D'accord, nous allons faire comme tu dis, nous a rassurés Jake. Oh, le second vaisseau helmacron est en train de décoller ! Rachel, cogne-lui dessus avec une brique.

J'aurais dû trouver ça drôle. Mais, pendant ce temps, je devenais encore plus petite que les brins de paille tombés sur le sol, qui me paraissaient gros comme des troncs d'arbre. Les grains de poussière avaient la taille de ballons de football.

– Je crois que j'ai arrêté de rétrecir, ai-je annoncé,

même si personne ne pouvait m'entendre. Quelque chose est arrivé en volant dans ma direction.

Quelque chose qui me semblait très grand. Tobias. Il était devenu un minuscule oiseau. Mais il avait sensiblement la même taille que moi.

< Je crois que je ne rapetisse plus >, m'a-t-il dit.

– Moi non plus.

< Mais nous sommes de la même taille. Je devrais être plus petit que toi. Au départ, j'étais déjà plus petit que toi. >

– Je ne crois pas que ça marche comme ça, ai-je remarqué. Je pense que leur intention est de tous nous réduire à leur taille.

Marco, qui ne mesurait désormais pas plus de huit centimètres de haut, s'est approché de nous en marchant. Il nous paraissait énorme, mais il continuait à rapetisser.

– Oh, mais qu'est-ce que vous êtes petits, a-t-il dit. Chérie, j'ai rétréci les Animorphs !

– Rachel ! Attrape une autre brique !

La voix de Jake, monstrueuse, résonnait tout autour de nous.

CHAPITRE 10

– Je fais le plein et j'arrive, a dit Rachel sur un ton menaçant.

– Donne-leur d'abord un avertissement, a proposé Jake. Et fais attention à ne pas blesser Cassie et les autres.

Rachel a alors dû lancer sa brique, car nous avons ressenti comme un énorme tremblement de terre.

Baaaouuummm !

Ça n'a duré qu'une seconde, mais je suis tombée sur les fesses. Heureusement, cela ne représentait qu'une chute de quelques millimètres.

– Hé, les Helmacrons, écoutez-moi ! a déclaré Jake. C'était un avertissement. La prochaine vous atterrira droit dessus. Laissez le Cube Bleu, rendez leur taille normale à nos amis, et nous vous laisserons partir sans vous faire de mal !

< Jamais ! Vos briques ne nous font pas peur ! >

– Ah bon ? Pourtant, elles ont parfaitement neutralisé votre autre vaisseau, a remarqué Rachel.

< Helmacrons, écoutez-moi. >

J'ai reconnu la parole mentale d'Ax. Ce qui signifiait qu'il devait être dans son corps d'Andalite.

Génial ! Il ne manquait plus que mes parents rentrent et qu'ils découvrent Jake, Rachel et une créature mi-cerf, mi-humain, avec une queue de scorpion et deux paires d'yeux, en train de parlementer avec des vaisseaux spatiaux pas plus gros que des jouets.

Sans oublier que, désormais, leur fille avait la taille d'un moucheron.

< Helmacrons, a répété patiemment Ax. Si vous êtes capables de voyager dans l'espace, vous devez comprendre un peu de physique élémentaire. Son arme est d'une masse supérieure à votre vaisseau. Si elle est projetée à une vitesse… >

< Nous n'avons que faire de tes leçons de physique, misérable humain ! >

< Je ne suis pas un misérable humain, je suis un Andalite. >

– Hé ! s'est exclamée Rachel.

< Pardon, s'est excusé Ax. Je ne voulais pas dire que les humains sont misérables. >

< Nous allons t'écraser, Andalite ! Tous les Andalites devront se prosterner devant nous. >

< Pas si mon amie Rachel vous lance cet objet rectangulaire qu'elle tient dans sa main. >

– C'est une brique, Ax. Nous appelons ça une brique. Nous construisons nos maisons avec.

< Je ne devrais peut-être pas mentionner ce détail, m'a fait discrètement remarquer Ax. Les Helmacrons n'ont déjà pas une très haute opinion des humains. >

– Bien, j'en ai marre de vos supériorités d'extraterrestres. Je vais compter jusqu'à trois. Et puis je jetterai cette brique. Écoutez-moi bien, espèces d'insectes, vous faites revenir mes amis… et Marco, aussi… à leur taille normale ou je vous écrabouille.

< Oseriez-vous nous menacer ? >

– Un…

< Prosternez-vous immédiatement devant les puissants Helmacrons ! >

– Deux…

Tseeew ! Tseeew !

– Aaaahh ! a crié Rachel.

– L'autre vaisseau, il revient ! a prévenu Jake. Faites attention !

J'assistais de loin à la scène, de très loin. Une gigantesque Rachel tenait une brique de la taille d'un immeuble. Le second vaisseau helmacron, qui ne me semblait plus aussi petit, était de retour et venait de tirer dans son épaule.

Elle a lancé la brique. Mais ce n'était pas un tir bien préparé. Il s'agissait plus d'un réflexe.

Le projectile a décrit un arc de cercle dans les airs et a commencé à descendre vers le sol. Droit sur nous.

– Courez ! a hurlé Marco.

Il était désormais de la même taille que nous.

Nous avons couru. Tobias a volé.

– Noooonn ! s'est écrié Jake en se jetant en avant, les bras tendus, pour essayer de rattraper la brique.

Et soudain…

Fwappp !

La queue d'Ax a fouetté l'air à la vitesse de

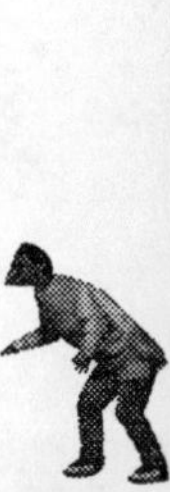

l'éclair. Il y a eu une pluie d'étincelles, on se serait cru au feu d'artifice du 14-Juillet. En levant les yeux, j'ai alors vu deux morceaux de brique tomber du ciel.

– Ne bougez plus ! ai-je crié.

Baoummm !

Baoummm !

Ils sont retombés de chaque côté de nous, et je fus de nouveau projetée au sol.

Puis il y eut un impact plus important.

Baaa-baaouuummm !

Jake heurta le sol. Par chance, il nous manqua de peu.

Je pouvais voir son visage tourné sur le côté. Il était à peu près aussi haut qu'un immeuble de trente étages. Ses yeux étaient comme des piscines remplies de liquide marron et blanc. Ses globes oculaires semblaient énormes. On aurait dit qu'ils allaient sortir de leur orbite et rebondir comme d'énormes ballons de basket.

Sa bouche était comme un gouffre sans fond. Ses narines faisaient penser à d'immenses grottes. Quand il expira, il faillit projeter Tobias au sol. Et quand il inspira, on aurait cru un aspirateur géant.

Je gardais les yeux rivés sur lui, terrorisée par ce visage que j'avais l'habitude de trouver plutôt plaisant. Et j'ai alors remarqué un bouton bien plus gros que moi.

Heureusement, Tobias faisait attention à des choses plus importantes.

< Jake, au-dessus de toi ! >

Il a roulé sur lui-même, telle une montagne vivante, au moment même où les deux vaisseaux helmacrons, soulevant le Cube Bleu avec leur rayon-tracteur, tentaient de passer au-dessus de lui.

Il s'est mis sur le côté et a tendu un bras de plusieurs mètres dans les airs. Des doigts d'une taille monstrueuse se sont refermés sur le Cube Bleu et l'ont attiré au sol.

Les deux vaisseaux helmacrons ont été secoués, mais ils ont continué leur vol.

Nous avions récupéré le cube andalite !

Malheureusement, Marco, Tobias et moi étions toujours assez petits pour pouvoir emménager tous ensemble dans un dé à coudre.

CHAPITRE 11

« Ô grand parmi les grands, puissant parmi les puissants, nous avons affronté nos ennemis géants et nous avons triomphé ! En utilisant la source de pouvoir que nous avons découverte, nous avons réduit la taille de trois de ces créatures. Et nous avons également failli nous emparer de la source de pouvoir, mais aidés par le piètre équipage du Tueur des Étoiles *et portés par le courage que tu nous inspires, nous allons le récupérer et l'utiliser pour soumettre nos ennemis qui se prosterneront devant nous en criant pitié ! »*

Extrait du journal de bord du vaisseau helmacron Terreur des Planètes.

La voix de Rachel a retenti :

– Cassie ? Tobias ? Marco ?

J'ai regardé vers elle. On aurait dit la tour Eiffel. Je ne savais pas quelle taille je faisais exactement, mais je savais une chose : je ne devais pas être très grande. Vu que les grains de poussière me semblaient aussi gros que des pierres.

J'ai entendu Tobias lui répondre en parole mentale :

< Rachel ! Fais attention où tu marches, nous sommes juste en dessous ! >

– En dessous ?

< Sur le sol. >

– Je ne vois rien.

< Nous ne sommes pas très grands >, a précisé Tobias.

– Pas très grands ! s'est écrié Marco. Nous pourrions nous faire écraser par un termite !

< Nous sommes très petits >, a rectifié Tobias.

– Est-ce que vous êtes tous les trois ensemble ? s'est inquiété Jake.

< Oui, nous sommes ensemble. Qu'est-ce que nous allons faire ? >

– Je ne sais pas, a admis Jake. Ax ?

< Je pense, prince Jake, que les Helmacrons connaissent un moyen de détourner l'énergie du Cube Bleu, et qu'ils sont capables de l'utiliser d'une manière très différente de la nôtre. >

– Ah bon, tu crois ? a ricané Marco.

Bien sûr, aucun d'eux n'a entendu, parce que sa

voix n'était pas plus forte que ça : « Ah bon, tu crois ? » Et je pense même que j'exagère.

Pour vraiment vous montrer combien sa voix était faible, il faudrait que vous regardiez les mots au microscope.

< Ils devraient essayer de morphoser, a suggéré Ax. Leur animorphe aura peut-être une taille normale. >

– Bonne idée ! me suis-je exclamée. Dis-leur Tobias.

< Cassie a dit : « Bonne idée. » Elle va essayer. >

J'ai réfléchi pendant un court instant à quel animal j'allais choisir. Quelque chose qui pouvait voler. J'en avais marre de me retrouver assise dans la poussière.

– Je vais reprendre mon animorphe de balbuzard, ai-je annoncé.

J'ai commencé à me concentrer et j'ai senti les premières transformations. Les plumes... les serres... Je me suis sentie rétrécir.

Rétrécir ? Je devenais encore plus petite. Les grains de poussière n'étaient plus gros comme des pierres, mais comme des rochers !

J'ai instantanément inversé le processus de l'animorphe.

– Ce n'était pas une bonne idée, ai-je fait remarquer à Tobias d'une voix tremblante.

< Oui, j'avais remarqué. Euh... Jake ? >

– Allô la base, nous avons un problème, a fait Marco.

< Jake ? Cassie vient juste d'essayer de morphoser en balbuzard, mais elle s'est mise à rapetisser encore plus. Elle s'apprêtait à devenir un oiseau vraiment, vraiment petit. Ce qui est étrange, parce que je ne suis pas petit. Enfin, je le suis, mais je fais la même taille que Cassie et Marco. Mais elle, quand elle a essayé de morphoser, elle est devenue encore plus minuscule. >

< C'est logique. C'est embêtant, mais c'est logique >, a déclaré Ax.

– Il se prend pour M. Spock ou quoi, a dit Marco.

< Les Helmacrons ont certainement dû fixer un paramètre de taille, sans aucun doute. En clair, ils ont choisi une taille et ils vous ont réduits tous les trois à cette taille. C'est maintenant la référence

de base. Et toute animorphe sera relative à cette référence de base. >

Je suis restée silencieuse pendant un moment en pensant à tout ça et j'ai dit :

– Tobias, est-il en train de nous expliquer que si, par exemple, nous morphosons en puce, il faudra prendre un microscope pour nous voir ?

< Ax, que se passerait-il si l'un de nous morphosait en puce ou en je ne sais quoi d'autre de minuscule ? >

< Votre taille diminuera. Si l'on considère qu'une puce ne fait pas plus d'un seizième de centimètre en temps normal, cela représente environ le neuf cent seizième de la taille d'un être humain d'un mètre quatre-vingts. Ainsi, si l'on considère que vous mesurez actuellement, disons, le quart d'un centimètre, il s'ensuit que votre animorphe de puce mesurera un quart de centimètre divisé par neuf cent seize. Votre animorphe de puce mesurera donc zéro virgule zéro zéro zéro deux cent soixante centimètre. >

– S'il me sort encore un chiffre, je lui mords le sabot, a prévenu Marco.

< Ax ? Je ne crois pas que nous fassions un quart de centimètre. Je pense que nous sommes plus petits que ça. >

< Ah, bien ! il faut alors changer les données de l'équation. Par exemple, si vous mesurez un seizième de centimètre – et je ne pense pas être très loin de la vérité – il faut alors diviser zéro virgule zéro six cent vingt-cinq par neuf cent seize, ce qui nous donne une animorphe de puce d'environ zéro virgule zéro zéro zéro zéro six cent cinquante centimètre. >

– Ça fait quelle taille zéro virgule zéro zéro zéro zéro six centimètre ? ai-je demandé à Marco.

– A peine plus grand qu'un microbe, plus petit qu'une virgule, a-t-il grommelé.

< On s'en fiche >, a fait Tobias.

Puis Ax a ajouté :

< Je ne vous conseille pas de morphoser en puce, vous évolueriez à l'échelle microbienne. >

< D'accord, nous ne nous transformerons pas en puce. De toute manière, je n'en ai aucune envie. Ça n'est d'ailleurs pas le problème. Le problème est : qu'est-ce que nous allons faire ? >

– La première chose, c'est de vous mettre dans un endroit sûr, a dit Jake. Ensuite...

– Aaaahhh ! Ax, morphose en humain ! a crié Rachel. Le père de Cassie arrive !

CHAPITRE 12

– Vite, courons, voilà mon père ! ai-je crié à mon tour.

Et je suis partie comme une folle à travers une immense plaine encombrée de pierres et de rochers.

– Hé ! Pourquoi tu t'en vas comme ça ? Il ne risque pas de nous remarquer.

– Et qui l'empêchera de nous marcher dessus ?

– Aaaaahhh ! Au secours !

Nous nous sommes mis à courir. Enfin, Marco et moi. Tobias, lui, s'est mis à voler. Et soudain, tout autour de nous, a résonné un énorme bruit de pas.

Mon père approchait.

– Jake ? a-t-il fait. Rachel ? Qu'est-ce que vous faites là tous les deux ? Cassie est dans le coin ?

– Humm... non, a répondu Jake. Je ne crois pas, non...

– Nous sommes venus voir si elle était ici, a ajouté Rachel. Mais non, elle n'y est pas.

– Vous aviez rendez-vous avec elle ?

– Bonjour ! s'est exclamée une nouvelle voix.

Ax ! Il avait dû morphoser en humain. J'ai fait la grimace. Ax est un Andalite de grande valeur. Mais les Andalites n'ont pas de bouche. Il leur est donc impossible de prononcer des mots ou de goûter des aliments comme nous le faisons. Quand il se transforme en humain – avec une bouche – il lui arrive souvent d'avoir un comportement pour le moins étrange.

– Bonjour, a répondu mon père un peu étonné. Je vous connais ?

– Je ne sais pas si vous me connaissez, a répondu Ax. Vous seul pouvez répondre à cette question.

Puis il ajouta :

– Stiiooon. Quessst-iiiooonnn.

– Je... je ne crois pas vous connaître, a repris doucement mon père. Pourquoi étiez-vous caché derrière ces cages ?

– Je ne souhaitais pas que vous puissiez me voir, a expliqué Ax. Mais, désormais, je le veux bien.

Il y eut un long silence.

– Bien ! a fini par dire mon père.

– Je suis un ami de Cassie.

– Un ami du collège ?

– Du collège ? Cooo-llège ? Lèèèègge ? Oui. Du collège. Lèlège.

Pendant ce temps, je continuais à courir, en trébuchant et en me cognant les genoux contre les saletés en tout genre qui traînaient par terre. Marco était à mes côtés, et Tobias volait au-dessus de nous.

Nous filions à toute allure. Nous faisions peut-être du un mètre à l'heure. Et puis…

Whumpf !

– Aaahh ! s'est écrié Jake. Euh, faites attention où vous mettez les pieds !

– Pourquoi ? a voulu savoir mon père.

– Parce que je… Parce que je…

– Il pense avoir vu un serpent, est intervenue Rachel. Je crois l'avoir vu aussi. Ax, tu n'as pas vu le serpent ?

– De quoi s'agit-il ? Un serre-paon ? Est-ce de la famille du paon ?

– Il va bien ? s'est inquiété mon père.

– Qui, Ax ? Bien sûr, il va parfaitement bien, l'a rassuré Jake. Simplement, il vient d'un pays lointain.

J'ai soupiré :

– Oh non, papa va maintenant lui demander...

– Oh, très intéressant. Ax, de quel pays viens-tu exactement ?

– Je viens de la République de Côte d'Ivoire.

– Oh non, ai-je fait. Quelle idée j'ai eue de lui prêter mon atlas géographique ?

– Tu sais, ne sois pas vexé par ce que je vais te dire, mais tu ne ressembles pas à quelqu'un qui est originaire de Côte d'Ivoire, a remarqué mon père.

Il avait cette voix qu'il prend quand quelqu'un est en train, lentement mais sûrement, de le pousser à bout.

– De Guinée équatoriale ? De la République du Kazakhstan ? Du Canada ?

– Ce serait plus vraisemblable, a estimé mon père. Allons-y pour le Canada.

– Je viens du Canada. Je suis canadien.

– Bien, je trouve que notre bon vieil Ax s'en tire drôlement bien, a estimé Marco qui se retenait de rire. Tu ne devinerais jamais qu'il est extraterrestre. Idiot, peut-être, mais pas extraterrestre.

– Bon, et si vous rentriez chez vous maintenant ? Je dirai à Cassie que vous êtes passés.

– Partir ! s'est exclamé Jake, soudain paniqué.

– Oui, partir, a répété mon père avec sa voix qui signifiait : « Je vous le propose gentiment mais vous avez intérêt à faire ce que je vous demande. »

Ils n'ont pas cherché à discuter. Que pouvaient-ils bien dire ? Nous avons entendu résonner le bruit de leurs pas alors qu'ils s'éloignaient.

Ensuite, les énormes pieds de mon père, grands comme des terrains de football, ont martelé le sol. Juste devant nous j'ai repéré un énorme tube horizontal. Il s'agissait de l'armature métallique qui formait la base d'une cage. Nous nous sommes précipités dessous pour nous mettre à l'abri et nous avons essayé de reprendre notre souffle après cette longue course de quelques centimètres.

J'ai entendu mon père qui parlait tout seul :

– Ce gamin est vraiment étrange. Il faudra que j'en parle à Cassie.

Il a alors dû racler son pied contre le sol. J'ai vu le devant de sa bottine, une énorme boule de cuir de plusieurs mètres de haut, arriver précipitamment dans notre direction.

Il a buté dans un peu de terre qui se trouvait là. Quelques cuillères à soupe, pas plus.

Mais cela a suffi à nous enterrer vivants !

CHAPITRE 13

J'étais enterrée vivante !

J'essayais désespérément de trouver de l'air pour respirer. C'est alors que j'ai réalisé que je ne suffoquais absolument pas. L'espace entre chaque petit morceau de terre était largement suffisant pour laisser passer l'oxygène dont j'avais besoin.

Mais comment allais-je faire pour sortir de là ? Certaines des pierres qui me recouvraient semblaient aussi grosses que moi. Je dis bien « semblaient », car je n'y voyais plus rien.

J'ai essayé d'en repousser une qui me pesait sur l'estomac. Je ne pensais pas être capable de la faire bouger, mais j'y suis parvenue.

J'ai glissé mes jambes de manière à pouvoir les mettre contre, et j'ai poussé aussi fort que j'ai pu.

La pierre a bougé. En fait, elle n'a pas seulement bougé, je l'ai sentie déplacer d'autres pierres autour d'elle. Il y avait maintenant une petite ouverture. Je distinguais même un minuscule rectangle de lumière.

J'ai continué à dégager tout ce que je pouvais et l'ouverture s'est élargie progressivement. Soudain, un visage est apparu en face de moi.

– Ah, te voilà, a dit Marco.

Il m'a aidée à me frayer un passage. Je suis sortie la tête la première de ma prison de terre et de pierres. Et, sans efforts apparents, je l'ai vu soulever des choses qui devaient être bien plus lourdes que lui.

Je suis sortie en rampant et je me suis penchée pour essayer à mon tour. A ma grande surprise, je n'ai eu aucune difficulté à le faire.

– C'est incroyable ! me suis-je exclamée, en tenant un morceau d'argile gros comme un ballon de foot au-dessus de ma tête.

– Je sais, a dit Marco en souriant. C'est parce que nous sommes petits. Tu vois, nous sommes comme les fourmis qui peuvent porter des trucs bien plus gros qu'elles. Comme les puces qui sont capables de faire des bonds incroyables. Je pense qu'il se passe la même chose avec nous.

Tobias est descendu en piqué. D'une altitude d'environ quatre ou cinq centimètres.

< Je suis comme vous. Je peux voler beaucoup plus haut qu'avant, enfin relativement à ma taille. Et je suis sûr que je pourrais vous porter sans problème. >

– C'est quand même bizarre, non ? ai-je fait.

Marco a haussé les épaules.

– Je ne sais pas. Nous demanderons des explications à Ax.

< En fait, ça n'est pas bizarre, parce que la puissance des muscles n'est pas toujours proportionnelle à la taille du corps. Prenez les oiseaux. Les petits oiseaux battent des ailes beaucoup plus rapidement que les gros. >

– Là il s'agit de vitesse, pas de force, lui ai-je fait remarquer. Mais tu as peut-être raison. Moi je pense aux petites gymnastes. Elles exécutent des mouvements que des filles plus âgées seraient incapables de faire.

– Là, il s'agit de souplesse, je me trompe ? est intervenu Marco. Et nous parlons de force. Et puis, excusez-moi, mais on a peut-être mieux à faire qu'avoir cette discussion scientifique. Je vous rappelle qu'on est dans un sale état.

– Qu'est-ce que nous allons faire ? lui ai-je demandé.

Nous étions assis dans un petit creux qui ne devait pas faire plus d'un quart de centimètre de profondeur. Nous ne distinguions pas grand-chose d'autre que les morceaux de terre qui nous entouraient et l'armature métallique de la cage sous laquelle nous nous trouvions.

– Bien… je ne sais pas. Tout ce que je sais c'est que nous sommes petits. Très petits. Mais nous sommes aussi très forts. On pourrait peut-être faire un concours d'haltérophilie avec des mottes d'argile.

< Nous ne devrions peut-être pas bouger et attendre que Jake revienne nous chercher. >

– J'ai peur que mes parents se demandent où je suis passée, ai-je dit.

– Jake va s'occuper de ça. Il va trouver quelque chose. Et ça ne fait pas si longtemps que nous sommes dans cet état.

J'ai soupiré. J'ai regardé Marco et j'ai soupiré encore. C'était étrange. Il ressemblait au Marco que j'avais toujours connu. Il se baladait nonchalamment parmi les mottes de terre avec ce ciel de métal monstrueux au-dessus de sa tête.

Whumpf ! Whumpf ! Whumpf !

Mon père se remit à marcher. Il semblait se diriger vers la porte pour sortir.

– J'ai faim, a fait Marco.

< Moi aussi. A quelles proies vais-je m'attaquer désormais ? Qu'est-ce que je vais trouver d'assez petit à manger ? Un microbe ? >

A cet instant, ils sont apparus, au bord du trou dans lequel nous nous trouvions. Ils étaient une douzaine.

Dans un premier temps, nous n'avons vu que leur tête. Elles étaient plutôt grosses et leur sommet était plat. Leur visage avait la forme d'une pyramide inversée et leur menton était crochu. Leurs yeux, qui ressemblaient à de grosses boules vertes, étaient situés au sommet de leur crâne. Leur bouche faisait penser à celle d'un insecte, avec des rangées de dents grinçantes.

Quand j'ai pu les voir en entier, j'ai remarqué qu'ils étaient vêtus d'une combinaison argentée. Leur corps était semblable à celui d'un humain, à cette différence près qu'ils possédaient une paire de jambes supplémentaires. Ils portaient tous un collier bleu.

– Tiens, tu n'as qu'à essayer ça, lui a suggéré Marco.

< Nous sommes les puissants Helmacrons du *Terreur des Planètes*, le plus redoutable des vaisseaux de la flotte helmacron ! Rendez-vous sur-le-champ et vous deviendrez nos pitoyables esclaves. Essayez de résister et vous serez détruits sans pitié ! >

Ils étaient à peu près de la même taille que nous. Environ un seizième de centimètre. Et, tout d'abord, j'ai été tentée de rire aux éclats. Ces petits individus pensaient réellement pouvoir conquérir le monde.

Mais ils ont ensuite braqué leurs lance-rayons sur nous. Et j'ai alors réalisé quelque chose. Leurs rayons Dracon – ou je ne sais quoi d'autre – avaient été assez puissants pour me faire mal alors que j'étais aussi grande que l'Everest. Et je n'étais désormais plus qu'un minuscule insecte.

Ils se sont approchés de nous.

– On se bat ou on prend la fuite ? a demandé Marco.

Il me regardait. Je me suis tournée vers Tobias. Tobias a regardé à son tour Marco.

– Eh bien, on peut dire que Jake nous manque. C'est toujours lui qui prend les grandes décisions de ce genre, a fait remarquer ce dernier d'un air désabusé.

Heureusement, nous n'avons finalement pas eu à choisir. Parce qu'un autre groupe d'Helmacrons, cette fois-ci avec des colliers rouges, sont arrivés derrière nous.

< Voici les prisonniers du glorieux équipage du *Tueur des Étoiles* ! Arrière, lâches, et laissez les véritables héros du peuple helmacron récolter leur juste butin ! >

– Nous sommes un juste butin ? a fait Marco en ricanant nerveusement.

Le suspens était à son comble. Deux groupes d'Helmacrons, avec leurs armes pointées sur nous, se fixaient d'un air mauvais avec leurs yeux en forme de billes.

C'est alors que la cavalerie est arrivée.

CHAPITRE 14

Ils étaient énormes. De vrais Godzilla de couleur brune. Il s'agissait en fait de… cafards.

Leurs antennes faisaient penser à des lassos de plusieurs mètres de long. Leurs pattes étaient grosses comme des poteaux téléphoniques. De véritables machines de guerre, puissantes, immenses, avec un blindage de plusieurs centimètres d'épaisseur.

Ils se sont dirigés vers nous, deux monstrueux cafards qui avançaient dans un bruit de cliquetis. Vous pensez savoir combien ces insectes sont répugnants. Mais vous ne pouvez pas vraiment le savoir tant que vous n'avez pas eu devant les yeux un cafard de la taille d'un supermarché. La prochaine fois que vous vous y rendrez, juste avant d'entrer, levez les yeux vers le bâtiment et pensez : « Cafard. »

Ils étaient donc très très très gros.

Et ils ne sentaient pas très bon.

< Hé, c'est nous >, a prévenu Jake.

< Tu nous as fichu une de ces frousses ! s'est exclamé Tobias. Vous pouvez nous voir au moins ? >

< Non, nous ne possédons pas une très bonne vue, comme vous le savez. Mais Ax lui peut vous voir. Il nous a portés jusqu'ici. >

< Ax ? > a répété Tobias.

– Ax ? avons-nous fait à notre tour, Marco et moi, en nous regardant d'un air interrogateur.

Puis lentement, nous avons tourné la tête.

Ax.

Une araignée-loup.

– Aaaahhhh !

– Aaaahhhh !

J'avais beau savoir qu'il s'agissait de lui, je n'ai pas pu m'en empêcher. Mon cerveau a été pris de panique. Mes jambes se sont dérobées sous moi. Je suis tombée les fesses par terre.

Vous ne pouvez pas imaginer combien c'était horrible de voir ça. Cette araignée était deux fois plus grosse que les cafards. Avec huit pattes de la taille de la tour Eiffel. Sa bouche, bordée de dents tranchantes et grinçantes, faisait penser aux portes de l'enfer. Son corps boursouflé était hérissé de poils monstrueux qui ressemblaient à d'immenses épines.

Mais ce n'était pas cela qui nous faisait trembler d'une peur incontrôlable, Tobias, Marco et moi.

C'était ses yeux.

Elle en possédait huit. Certains étaient des yeux à facettes scintillants. D'autres étaient comme des yeux morts, et semblaient aveugles. Les plus petits d'entre eux étaient encore plus grands que nous.

Et cette tête, cette tête diabolique, terrifiante...

J'avais l'impression que cette vision s'ancrait profondément dans mon cerveau et que je ne pourrais plus jamais l'oublier. Même si je vis plus de cent ans, je me souviendrai toujours de cette tête.

< Salut ! a fait Ax. Est-ce que j'ai dit une bêtise en affirmant que j'étais canadien ? >

– Ax, j'espère que tu contrôles parfaitement cette animorphe, me suis-je inquiétée.

J'ai essayé de détourner le regard et de voir comment réagissaient les Helmacrons. Mais il était impossible de se détacher de ces huit yeux immenses.

Néanmoins, ils ont réagi.

< Pensez-vous nous faire peur avec vos misérables animorphes ? Nous sommes des guerriers helmacrons ! >

En même temps qu'ils criaient cela, ils ont détalé avec précipitation.

< Ax, assure-toi qu'ils sont bien en train de fuir >, a dit calmement Jake.

Ax a bougé, et ce spectacle m'a remplie d'effroi. Mais il y avait au moins quelque chose de positif, il avait arrêté de me fixer.

– Brrrrr ! a frissonné Marco. Je n'avais vraiment pas besoin de ça. C'est pire que le pire des cauchemars, pire que de se réveiller la nuit trempé de sueur froide.

D'un pas saccadé mais rapide, il est parti à la poursuite des Helmacrons en les fixant d'un air maléfique.

La partie inférieure de son corps était masquée par les mottes de terre éparpillées autour de nous. Et puis…

Tsseeewww ! Tsseeewww !

< Aaaahhh ! > a crié Ax.

J'ai oublié ma peur et j'ai grimpé la petite pente pour atteindre le bord du trou. Là, planant à moins d'un centimètre du sol, se trouvait un vaisseau helmacron.

Ax semblait se tordre de douleur, ses pattes s'agitaient violemment dans une sorte de spasme nerveux. Il s'est retourné vers nous et j'ai vu la chair encore fumante d'un de ses yeux qui avait été brûlé par le rayon des Helmacrons.

Tsseeewww ! Tsseeewww !

Ils ont tiré de nouveau, à bout portant, et quatre des pattes de l'araignée ont été sectionnées net. Ax est tombé, lentement, lourdement. Les membres touchés se sont effondrés sur le sol, comme des arbres immenses.

< Démorphose ! a crié Jake. Ax ! Démorphose ! >

Nous avions fait une terrible erreur. Tout était une question de taille. Les Helmacrons étaient ridicules pour des humains normaux. Mais là, à leur échelle, ils étaient aussi dangereux que les Yirks.

CHAPITRE 15

– Neep ! Neep ! Neep !

Les Helmacrons ont poussé un cri de triomphe. Un véritable cri, pas la parole mentale qu'ils utilisaient habituellement.

Pooomfff !

Ax a heurté le sol.

< Ax, démorphose ! > a crié Jake.

< Je pourrais écraser Cassie, Marco et Tobias si je le faisais, prince Jake >, a-t-il répondu.

Il semblait tout à fait calme, malgré les circonstances. Car comme nous le savions, mourir dans une animorphe, c'est mourir pour de bon.

< Cassie, Marco, par ici ! a ordonné Jake. Nous allons vous porter loin de… Aaaaahhhh ! >

Le second vaisseau helmacron nous prenait à

revers et avait ouvert le feu. Les antennes du cafard de Jake furent sectionnées. On aurait dit des câbles de lignes à haute tension qui tombaient du ciel.

Tobias pouvait voler. Lui pourrait s'en sortir si Ax démorphosait. Mais nous, nous n'avions aucune chance. Et, s'il ne démorphosait pas, la prochaine attaque des Helmacrons lui serait fatale.

– Marco, nous n'avons qu'à nous rendre ! ai-je crié en agrippant son bras.

– Quoi ?

– Nous pourrons nous échapper plus tard. Ax doit démorphoser ! Jake et Rachel aussi. Les Helmacrons arrêteront de tirer le temps de venir nous récupérer.

Il paraissait furieux. Mais il savait que j'avais raison. Il a repoussé mon bras et il a fait de grands gestes en direction du vaisseau le plus proche.

– Ô puissants Helmacrons, faites de nous vos esclaves ! Nous nous inclinons devant votre puissance !

Ils ont hésité, redoutant probablement un piège. Puis ils ont constaté qu'Ax était hors d'état de nuire. Que Jake était blessé.

Quatre de ces petits monstres sont sortis pour venir nous capturer. Vus de près, ils paraissaient encore plus étranges. On aurait dit des créatures moitié humaines, moitié insectes. Nous savions qu'en réalité ils étaient minuscules, mais ils nous semblaient de taille tout à fait respectable. Ils ont gardé leurs armes braquées sur nous en nous accompagnant à leur vaisseau.

L'engin était posé sur le sol. Il était immense à cette échelle. Dire que nous l'avions pris pour un jouet... Il était en fait de la taille d'un vaisseau-Bassin yirk. Il y avait assez de place pour transporter des centaines, voir des milliers d'Helmacrons.

< Montez ! Montez vite ! > a hurlé un des petits extraterrestres, en nous montrant la passerelle qui descendait du vaisseau.

Je me suis mise à courir tant bien que mal, tandis que mes gardiens me bousculaient, me poussaient et me secouaient sans ménagement.

La passerelle a commencé à se relever alors que nous n'étions pas encore à bord. J'ai regardé autour de moi et j'ai réalisé que Marco et moi étions emmenés dans un grand hangar. Sur notre droite et notre

gauche, nous avons vu des vaisseaux plus petits, comme des avions de chasse, rangés dans des sortes de garages. Il y en avait peut-être une douzaine de chaque côté.

< Ah ! Ah ! Vous découvrez notre puissance et vous frissonnez ! >

– Je découvre votre puissance, mais je n'ai pas froid, merci, a répliqué Marco.

Les Helmacrons l'ont fixé de leurs yeux ronds et vacillants.

– Oh non, nous sommes prisonniers de créatures qui n'ont aucun sens de l'humour, a-t-il soupiré.

< Vous vous trouvez à bord du *Terreur des Planètes*, et vous êtes désormais nos esclaves. Nous allons vous conduire au capitaine. Vous allez ramper ! >

Deux de ces ignobles petites créatures m'ont poussée pour me faire tomber. Je n'ai pas ressenti de douleur, comme je l'avais craint. Mais vous savez, quand vous faites à peu près la taille d'une mouche, vous ne tombez pas de très haut.

Et je me suis mise à ramper avec une facilité étonnante. Il s'agissait certainement de « l'effet insecte ».

Enfin, c'est comme ça que j'appelais ce phénomène qui veut que, relativement, plus vous êtes petit, plus vous êtes fort. Je me propulsais avec mes genoux sans difficulté.

Ce qui était une bonne chose, car nous avons rampé pendant un long moment. Le vaisseau semblait faire un kilomètre de long. Nous sommes descendus dans des couloirs baignés de lumière, nous avons grimpé des passerelles et des petits ponts métalliques qui surplombaient d'énormes machines de toutes sortes.

Finalement, nous avons atteint notre but. Nous sommes entrés dans une pièce dont le plafond était un dôme et le plancher légèrement incurvé comme un bassin. Au centre de cette pièce se tenait un Helmacron solitaire. Des rayons de lumière plongeaient sur lui, comme sur une star de cinéma un soir de remise des Oscars. Il ressemblait aux autres, à part qu'il portait une longue cape dorée.

Et il y avait une autre différence.

– Il est mort, ai-je dit.

– On ne peut pas l'être plus, a confirmé Marco.

Le capitaine helmacron ne bougeait pas. Il ne

respirait pas. Ses yeux ne nous fixaient pas. Il était pétrifié et recouvert d'une sorte de toile d'araignée.

Mais pire encore, la cause de sa mort paraissait évidente. Ses bras et ses quatre jambes étaient menottés au pont. Trois longues épées d'acier lui transperçaient le corps. Tout cela semblait très solennel.

Tout cela semblait...

– Complètement dingue, a murmuré Marco. Ces types sont ravagés.

CHAPITRE 16

« Ô grand parmi les grands, ô majestueux parmi les majestueux, nous avons capturé deux créatures possédant cet étrange pouvoir de transformation ! Ils ont tremblé devant nous ! Ils ont été humiliés ! Ils ont connu la terreur des lâches ! Et il est à noter que Tueur des Étoiles *ne nous été d'aucune aide. »*

Extrait du journal de bord du vaisseau helmacron, Terreur des Planètes.

< Prosternez-vous devant le capitaine ! >

Marco m'a regardée.

– Comment on fait pour se prosterner ? C'est la première fois qu'on me demande ça.

J'ai haussé les épaules.

< Prosternez-vous ! >

– Nous ne savons pas comment faire, ai-je expliqué à l'Helmacron le plus proche. Ce que je veux

dire, c'est que nous ne connaissons pas vos coutumes. Vous devriez peut-être nous montrer.

Ils se sont regardés les uns les autres. Puis, celui à qui j'avais parlé a répondu :

< Prosternez-vous comme le font habituellement les gens de votre peuple. Faites comme vous avez l'habitude de faire. >

J'ai vu les yeux malins de Marco.

– Alors, tu as entendu le monsieur, Cassie ? Prosternons-nous.

Il a étendu ses jambes, s'est mis sur le dos, a posé ses mains sous sa tête et s'est détendu comme s'il prenait un bain de soleil sur la plage.

– Je me prosterne devant le puissant capitaine des Helmacrons, le plus puissant parmi les puissants, le champion du monde incontesté dans la catégorie poids plume ! Nous nous prosternons, nous les pitoyables vaincus ! Nous nous prosternons comme le pauvre type qui essaie désespérément d'inviter une fille à sortir et qui n'obtient de rendez-vous qu'avec des boudins, voilà comment nous nous prosternons. Cassie, c'est à ton tour, quand tu veux.

– Nous nous prosternons… euh, comme des « prosternateurs ».

Marco s'est tourné vers moi pour me jeter un regard plein de dédain.

– Oh, quelle prosternation ! Tu ne peux pas montrer un peu plus d'enthousiasme.

– Je me prosterne comme, euh… comme quelqu'un de vraiment vraiment soumis, ai-je déclaré lamentablement.

Mais qu'importe, Marco, lui, était lancé. Après tout, il avait un public pour l'écouter.

– Ô valeureux Helmacron raide mort, nous nous prosternons comme un fou de jeu vidéo qui n'a plus une seule pièce de monnaie pour refaire une partie, voilà comment nous nous prosternons. Vous ne pouvez pas imaginer la force de notre prosternation. Nous nous prosternons comme quelqu'un qui a commandé des frites et qui s'aperçoit qu'il n'y a pas de sel sur la table. Nous nous prosternons…

< Ça suffit ! Maintenant, dites-nous où se trouve la source de pouvoir. >

– Le Cube Bleu ? ai-je demandé.

< Oui, le Cube Bleu. Le cube au pouvoir de transformation ! >

– Je ne sais pas où il est. Un de mes amis a dû le prendre pour le cacher.

< Ami ? >

– Oui, ceux avec qui nous étions, qui nous ressemblent.

< Mettez en marche le visionneur externe ! >

Soudain, le dôme s'est illuminé, et une image en trois dimensions de l'intérieur de la grange est apparue. J'ai vu Jake, Rachel et Ax. Ils étaient tous en vie, de nouveau dans leur corps d'origine. Ils fixaient d'un œil mauvais le vaisseau dans lequel nous nous trouvions. Le visionneur a effectué un gros plan sur un minuscule Tobias posé sur l'épaule de Rachel.

< Lequel d'entre eux connaît l'endroit où se trouve le Cube Bleu ? >

J'étais incroyablement soulagée de les savoir tous en bonne santé. J'espérais que Tobias, qui était toujours aussi petit, se portait également bien. Mais il était hors de question que j'en désigne un et que je lui attire des ennuis.

< Lequel ? a hurlé l'Helmacron. Celui avec les tentaculaires oculaires ? Celui qui a les ailes ? Celui avec ces horribles yeux bleus ? Ou le plus grand des quatre ? >

– Aucun d'entre eux, a répondu Marco. Ce sont les autres. Les autres qui ne sont pas là.

J'ai approuvé gravement :

– Oui, les autres.

Nous ne savions pas ce que nous allions inventer ensuite, bien sûr. Mais les Helmacrons nous ont aidés, en quelque sorte.

< N'essayez pas de vous moquer de nous ! Nos détecteurs sont capables d'identifier tous ceux qui émettent de l'énergie de transformation. Nous retrouverons quiconque dégage cette trace énergétique. >

Nous nous sommes regardés avec Marco.

– De l'énergie de transformation... Vous voulez dire que vous pouvez savoir qui a le pouvoir de morphoser ? a demandé Marco.

< Nous sommes les Helmacrons, les maîtres de la galaxie ! Notre science et notre technologie n'ont pas de limites. Nous pouvons aisément fouiller votre

enveloppe corporelle et observer le pouvoir de transformation qui est en vous. >

– Ils peuvent savoir qui possède le pouvoir de l'animorphe, ai-je fait à Marco.

J'ai résisté à une soudaine envie de glousser. Mais Marco n'avait pas encore compris ce qui m'était venu à l'esprit.

– Ô puissants maîtres, ai-je commencé, nous serions fous de vouloir nous moquer de vous. Il n'existe qu'une seule autre personne comme nous sur cette planète. Une seule autre personne qui possède le pouvoir de transformation ! Et c'est lui qui détient le Cube Bleu. C'est lui que vous devez retrouver. C'est lui que vous devez détruire !

< Nous l'écraserons comme la plus misérable des créatures ! Il se prosternera devant nous jusqu'à la fin de ses jours ! >

Marco ne paraissait toujours pas comprendre.

– Je ne vois pas pourquoi nous ne lui enverrions pas des Helmacrons, ai-je dit. Tu le sais comme moi, il n'existe qu'une seule autre personne capable de morphoser sur Terre. Et nos braves amis vont se charger de le détruire.

Soudain, ça a fait tilt dans sa tête.

– Vysserk Trois ?

J'ai aquiescé, très fière de moi.

– Oui, Vysserk Trois.

CHAPITRE 17

– Nous allons les conduire jusqu'à Vysserk Trois ? a chuchoté Marco, incrédule.

– Tu as une meilleure idée ?

– Non.

Il a remué la tête de manière admirative.

– C'est juste que je trouve ça tellement… sournois. Je ne pensais pas que tu puisses avoir ce genre d'idée.

Vysserk Trois, le chef de l'invasion yirk sur Terre, le seul Andalite-Contrôleur de la galaxie. Le seul Yirk à posséder le pouvoir de morphoser.

– Il y a juste un petit problème : où allons-nous le trouver ?

Marco a réfléchi un moment.

– Il doit probablement être à bord de son

vaisseau Amiral. Ou dans le vaisseau Mère. Ou dans le Bassin yirk. Ou...

– Tu crois qu'ils seraient capables de retrouver le vaisseau Amiral ?

Marco a haussé les épaules.

– Autre question encore plus importante : que vont faire ces petites créatures une fois qu'elles auront trouvé Vysserk Trois ? Lui tirer dessus avec leurs minuscules rayons Dracon ?

< Vous allez nous emmener jusqu'à cet individu qui possède le pouvoir de transformation ! > a ordonné un des Helmacrons.

– Il est dans un vaisseau, en orbite, ai-je répondu.

< Mensonges ! Vous ne pouvez pas abuser les Helmacrons, incarnation du courage et de la sagesse, a repris le petit soldat. Nous savons parfaitement que votre pitoyable espèce est incapable de construire de tels vaisseaux spatiaux. >

– Exact, a avoué Marco humblement. Mais la personne que vous recherchez n'est pas humaine. Vous savez, vous n'êtes pas les seuls à vouloir conquérir la Terre. Il y a d'autres extraterrestres appelés les Yirks.

Cette nouvelle a fait sensation. Il y avait à peu près une demi-douzaine d'Helmacrons avec nous autour du capitaine mort. De nombreux autres se sont alors précipités dans la pièce en baragouinant je ne sais quoi en parole mentale. Certains traînaient des sortes d'ordinateurs derrière eux. D'autres des armes d'une taille démesurée.

Nous entendions beaucoup de cris, mais il y avait un mot qui revenait sans cesse : Yirk.

– Ils connaissent les Yirks, ai-je remarqué.

– Oh oui, ils ont l'air de bien les connaître.

Les cris et les gesticulations en tout genre ont duré pendant un bon moment. Soudain, sans aucun avertissement, des épées ont été brandies. Il était difficile de comprendre ce qui se passait vraiment.

Il s'agissait d'une attaque inattendue, violente. Mais nous n'étions pas visés. Quatre ou cinq Helmacrons ont été encerclés par les autres.

< Mourez, espèce de fous ! > criait la foule.

Toujours menacés par les épées étincelantes, ils ont disparu derrière ce mur vivant d'Helmacrons hurlant de rage.

Le calme est revenu brusquement. Aussi brusquement qu'avait commencé toute cette agitation. A travers la foule, j'ai pu apercevoir les petits corps gisant sur le sol, transpercés par les épées.

C'était une chose horrible à voir. Mais les autres n'avaient pas l'air très bouleversés.

– Nous ferions peut-être mieux de partir d'ici, m'a chuchoté Marco. Ils sont vraiment complètement tarés.

– Je ne crois pas qu'ils veuillent nous faire du mal. Enfin, pas pour l'instant.

Une des petites créatures s'est tournée vers nous.

< Où se trouve ce Yirk qui possède la source de pouvoir ? Dites-le-nous, misérables, ou nous vous écraserons comme des insectes ! >

– Les Yirks ont un vaisseau Amiral et un vaisseau Mère en orbite, a expliqué Marco. Il faudrait commencer par le vaisseau Amiral. Mais il est camouflé, vous savez. Il est impossible de le repérer avec un radar.

< Imbéciles ! Nous sommes les Helmacrons ! La technologie primitive des Yirks n'est pas un problème pour nous ! >

– Bien sûr, ai-je fait d'un ton apaisant. Mais vous savez quoi ? Maintenant que vous savez que les Yirks sont ici, vous allez certainement vouloir vous concentrer sur ce problème. Vous pourriez donc nous laisser partir.

< Nous allons nous débarrasser des usurpateurs yirks ! Nous allons les réduire en cendres ! Nous voulons les entendre hurler de terreur ! Les humains sont là pour devenir nos esclaves ! Nous sommes les puissants Helmacrons ! Les maîtres de la galaxie ! >

– Beau programme, a estimé Marco.

La petite créature a alors hurlé un ordre en parole mentale :

< Mâle ! Mâle, approche ! >

Une trappe aménagée dans le sol s'est soulevée. Et à travers cette ouverture est apparue une petite tête tremblotante, identique à celle des autres Helmacrons, mais plus petite. Le sommet du crâne était plat, mais partait en pente vers l'avant. Bien qu'elle fasse également penser à celle d'un insecte, sa bouche était moins horrible. Son visage exprimait une grande modestie, une grande soumission, même.

< Mâle, emmène ces étrangers. Et apprends-leur les règles de l'obéissance ! >

Les Helmacrons nous ont poussés vers la trappe.

– Mâle ? a répété Marco au comble de l'étonnement. Est-ce que ça... Est-ce que ça signifie que... qu'elles...

– Je pense que oui, ai-je dit. Nos puissants guerriers sont des femelles. Celui-ci est un mâle.

– Oh, non. Alors là je commence vraiment à paniquer. Une armée entière de petites Rachel !

CHAPITRE 18

– Je suis là pour vous enseigner l'obéissance.

Nous avions été conduits dans une petite pièce. Évidemment, tout y était petit – l'endroit où nous nous trouvions ne devait pas être plus grand qu'une aspirine. Mais ce que je veux dire, c'est qu'il nous paraissait petit, même dans notre état.

Il n'y avait aucune chaise, aucun meuble. Je suppose que les Helmacrons s'en fichaient de rester debout. Nous aussi d'ailleurs. Je me sentais étrangement forte depuis que j'avais rétréci.

– Quel est votre nom ? ai-je demandé au mâle helmacron.

< Mon nom ? >

– Laissez tomber, ce n'est pas grave.

Marco est alors intervenu :

– Ça ne vous fait rien si je vous appelle La Larve. Écoute-moi La Larve…

– Ce n'est pas très gentil, Marco, ai-je protesté.

– Il n'a pas de nom et, il faut se rendre à l'évidence, c'est une larve. Alors, La Larve, dis-moi : c'est quoi cette histoire avec le capitaine ? Il est mort.

< Elle. Oui, bien sûr, elle est morte. >

– Et pourquoi avez-vous un capitaine mort ?

< Sinon, comment être sûr qu'elle ne commettra pas d'erreur ? >

Marco était déconcerté. Mais le mâle que nous appelions La Larve a continué patiemment son explication :

< Ceux qui font des erreurs doivent être éliminés. Et il est inévitable qu'un capitaine, qui doit prendre beaucoup de décisions quand elle est en vie, fasse aussi un grand nombre d'erreurs. Où est le problème si un capitaine est tué pour ses erreurs ? Ainsi, notre capitaine peut être respecté et vénéré par tous. >

Marco m'a regardée avec un air désespéré.

– Ce qui est triste, c'est que, quelque part, ça se tient.

Il s'est tourné vers La Larve.

– Et vos autres chefs ? Ils sont tous morts ?

< Oui. Une femelle helmacron ne peut accéder à une position sociale importante dans notre société que si elle ne fait pas la moindre erreur. Elle doit être un symbole admiré par tous. >

– Un peu comme dans notre société, ai-je murmuré.

– Bien, La Larve, tu n'étais pas censé nous dire comment nous comporter ?

< Si. Vous devez obéir aux femelles. Vous devez laver votre nourriture avant de la manger. Comme tous les mâles, vous devez garder le silence tout le temps. >

– Je ne suis pas un mâle, ai-je protesté. Je suis une femelle.

< Maintenant, tu es un esclave. Tu es donc un mâle et tu dois faire tout ce que t'ordonnent les femelles. >

– Un peu comme dans notre société, a fait Marco en me regardant d'un air moqueur.

– Et c'est tout ? Voilà les règles ?

< Oui. Mais si vous n'y obéissez pas, vous

risquez d'être tués. En fait, vous pouvez même espérer devenir capitaines ! Vous devez rester dans cette pièce en attendant d'être appelés, a ajouté calmement La Larve. Je vais maintenant vous laisser. >

Une porte s'est ouverte. Le mâle helmacron est sorti, et elle s'est refermée derrière lui.

Marco et moi nous sommes regardés.

– Ces types sont dingues. Et cet endroit est un asile. Il faut se tirer d'ici. Je n'ai aucune intention de devenir capitaine.

– Non. Pitié, pas de promotion. Mais il faut que nous réfléchissions. Ils vont partir à la recherche de Vysserk Trois, ça signifie qu'ils vont laisser Jake, Rachel, Ax et Tobias tranquilles. C'est parfait. D'un autre côté, j'ai l'impression qu'ils ont besoin du Cube Bleu pour émettre leur rayon rétrécissant. Ce qui implique qu'ils en ont également besoin pour nous redonner notre taille, ai-je expliqué.

– Encore faut-il qu'ils soient capables de le faire. C'est peut-être une transformation irréversible. Tu n'as jamais envisagé cette possibilité ?

– Je ne veux même pas y penser, ai-je répondu. J'ai une famille que je veux retrouver. J'ai une vie.

Marco a approuvé d'un signe de tête. Il était apparemment plongé dans ses pensées.

– Si nous restons dans cet état, nous allons vieillir et nous pourrions avoir des enfants et peupler le monde d'une nouvelle espèce d'individus.

– Marco, tu pourrais arrêter de délirer ? Pense plutôt à ce que nous allons faire.

Il a redressé les épaules et a poussé un profond soupir.

– OK, OK. Qu'allons-nous faire ? Je ne sais pas. Il n'y a qu'une chose dont je sois sûr : ils sont dingues. Ils ont transpercé ces types. Leurs chefs sont des morts. Ils sont ravagés, purement et simplement, fracassés, destroy, top strange. Ils peuvent très bien s'en prendre à nous à tout moment. Alors la priorité n'est pas de les laisser attraper Vysserk Trois. La priorité est de nous tirer d'ici au plus vite.

– Je dois admettre que tu as raison. Nous devons saisir la moindre chance de nous enfuir. Mais, à l'heure qu'il est, nous sommes probablement dans l'espace à la recherche du vaisseau Amiral, alors nous aurons du mal à nous enfuir où que ce soit.

La porte s'est ouverte soudainement. Une femelle est apparue.

< Venez avec moi, misérables étrangers, a-t-elle ordonné. Obéissez ! >

– Oui, maman ! a répondu Marco.

Nous avons été emmenés dans la salle des commandes. Il n'y avait pas de capitaine, mort ou vivant. Les Helmacrons faisaient ce qu'ils avaient à faire sans recevoir d'ordre. Bien sûr, ce mode de fonctionnement n'était pas sans comporter quelques désagréments, comme nous avions pu le constater.

< Allumez l'écran ! > a dit sèchement notre accompagnatrice.

Une image en deux dimensions est apparue, une image du vaisseau Amiral de Vysserk Trois.

– Whaou ! s'est exclamé Marco, carrément impressionné. Bravo, messieurs, vous êtes des rapides. Enfin, je veux dire mesdames. Vous avez retrouvé le vaisseau Amiral.

< Nous sommes les Helmacrons ! Les usurpateurs yirks nous supplierons de les épargner quand nous marcherons sur leurs corps rampants et visqueux ! >

Je me suis fait une image mentale d'un Yirk dans son corps originel. Et puis j'ai imaginé une armée de petits Helmacrons partant à l'attaque. Cela ressemblait à peu près à des fourmis s'attaquant aux restes d'un repas. J'avais presque envie de rire.

< Nous avons retrouvé le minable et pitoyable vaisseau Amiral ! Mais un engin de plus petite taille s'est séparé de lui et se dirige actuellement vers la Terre. Nos détecteurs ont repéré qu'il y avait une personne à son bord, une personne qui porte en elle la marque de l'énergie de transformation ! >

– Vysserk trois, ai-je dit. Il se dirige vers la Terre. Il va probablement récupérer le Cube Bleu. Enfin, la source de pouvoir.

Les Helmacrons s'étaient lancés à sa poursuite. Sur l'écran, nous pouvions voir le vaisseau Cafard traverser l'atmosphère bleutée. Nous apercevions également la côte qui se dessinait en dessous de nous.

Le soleil se couchait. Une ligne obscure recouvrait progressivement la surface de notre planète, se rapprochant peu à peu de l'endroit où j'habitais.

Et soudain, j'ai pensé combien mon ancienne vie

me semblait lointaine. Et ça ne se comptait pas seulement en milliers de kilomètres, mais également en mètres et en centimètres. Mes parents étaient devenus des monstres grands comme des gratte-ciel. Marco, Tobias et moi formions maintenant une espèce à part dans l'univers.

< Informez-nous sur l'endroit où le vaisseau Cafard s'apprête à atterrir ! >

J'ai fixé l'écran.

– Agrandissez l'image. Oh, euh... excusez-moi ! Pourriez-vous, s'il vous plaît, agrandir l'image ?

Un gros plan d'un quartier de la ville est alors apparu.

– Hé regarde ! me suis-je exclamée. Très intéressant.

Je distinguais un bout du boulevard qui mène à notre collège. C'était une de ces rues commerçantes bordées de fast-foods, de magasins divers, de banques et d'immeubles massifs.

Il y avait également un restaurant qui avait fait faillite, entouré par un parking abandonné couvert de mauvaises herbes.

Le vaisseau Cafard, invisible pour un œil humain

grâce à son camouflage, se dirigeait vers ce batiment.

Alors que j'étais en train d'observer la scène, le toit du restaurant s'est ouvert, en coulissant comme une porte de supermarché.

Le vaisseau dans lequel se trouvait Vysserk Trois s'est posé lentement et délicatement à l'intérieur. Le toit s'est refermé derrière lui. Et à ce moment-là, une limousine noire est entrée à toute allure sur le parking.

– Très ingénieux, a fait Marco, admiratif.

– Il s'agit d'un bâtiment abandonné, ai-je expliqué aux Helmacrons. Le Vysserk va morphoser en humain et partir dans ce véhicule noir.

< Nous allons l'écraser ici et maintenant ! Nous allons l'anéantir ! Nous allons souiller son honneur jusqu'à ce qu'il nous supplie de lui accorder une mort honorable. >

– Hum, hum, a fait Marco sur un ton ironique. Nous avons déjà essayé nous aussi.

CHAPITRE 19

« Ô grandeur incarnée, chef tout-puissant, nous rampons à tes pieds, bien que nous nous trouvions à des années-lumière de toi. C'est notre triste devoir de t'informer que les misérables traîtres du Tueur des Étoiles *se sont enfuis ! Ils ont capturé deux prisonniers qui nous revenaient de droit, et ils se sont enfuis ! Nous laissant, nous, tes fidèles guerriers, seuls face à ces êtres géants dans le combat que nous menons pour nous emparer du Cube Bleu qui possède l'énergie de transformation. »*

Extrait du journal de bord du vaisseau helmacron Terreur des Planètes.

– On se croirait dans un jeu vidéo ! s'est exclamé Marco. C'est trop cool ! La poursuite d'enfer !

Vysserk Trois avait morphosé en humain et était entré dans la limousine noire. Ce n'était pas la première fois que nous le voyions faire ça. Je suppose qu'il aime bien les limousines, parce que, à l'abri

derrière les vitres teintées, il peut morphoser et démorphoser sans être vu.

Et faire d'autres choses bien plus cruelles. Car Vysserk Trois n'est pas vraiment tendre avec ses subordonnés.

La voiture descendait le boulevard. La nuit était en train de tomber et, déjà, les enseignes lumineuses étaient allumées. Les ombres des bâtiments glissaient sur les courbes noires et lisses de la limousine. Les néons se réfléchissaient sur sa carrosserie comme des serpents fantomatiques.

Une ambulance est passée en faisant hurler sa sirène. Des familles en monospaces roulaient côte à côte avec le véhicule noir qui transportait la créature la plus dangereuse de la Terre. Et des autres planètes réunies.

Nous pouvions voir tout cela sur l'écran qui s'étendait tout autour du poste de commandement. Nous volions juste derrière la limousine, légèrement sur le côté. Nous étions à environ deux mètres de la vitre arrière droite.

Soudain, le *Tueur des Étoiles* a fait un brusque écart sur la gauche et a ouvert le feu.

Tseeeew ! Tseeeew !

Des rayons qui nous paraissaient énormes ont jailli en direction de la fenêtre. Mais la vitre de la limousine était comme une immense falaise noire et infranchissable. Nous avons suivi la scène à l'écran. A mesure que les rayons s'éloignaient, ils semblaient rétrécir et perdre de leur éclat pour ne plus être que de petits fils insignifiants.

< Aaaah ! A mort les Yirks ! Redoutez notre puissance ! > hurlaient les Helmacrons, comme l'auraient fait les supporters d'une équipe de football pendant un match.

< Encore ! Encore ! Nous allons punir les arrogants usurpateurs yirks ! >

Tseeew ! Tseeew !

Il y eut de nouveau des cris et des encouragements divers. La fenêtre de la voiture s'est alors baissée. Un visage d'homme nous a regardés sans comprendre.

Vysserk Trois ! Nous connaissions son animorphe humaine. Vysserk Trois qui pouvait prendre n'importe quelle apparence, mais qui était incapable de dissimuler sa nature cruelle et maléfique.

A cet instant précis, il paraissait plus étonné qu'effrayant. J'ai vu son énorme bouche former le mot : « Quoi ? »

Ensuite, lentement, l'étonnement a tourné à l'amusement.

– Des Helmacrons ? a fait alors la bouche.

< Qu'est-ce que vient de dire cette créature ? > nous a demandé l'Helmacron qui se trouvait à côté de nous.

– Il a dit : « des Hemalcrons ? »

< Aaahh ! yah-haaah ! >

Ils se sont mis à pousser des cris de victoire en parole mentale. Et de leur vilaine petite bouche d'insecte est sorti ce petit cri :

– Neep ! Neep ! Neep !

< Tremblez devant nous, Yirks ! >

Tseeew ! Tseeew !

Le *Tueur des Étoiles* a tiré, à bout portant, en plein dans ce visage qui aurait pu tout aussi bien être celui de King-Kong regardant par la fenêtre d'un gratte-ciel.

Vysserk Trois a plaqué sa main humaine sur sa joue et, quand il l'a retirée, elle portait des traces de sang. Il a regardé sa paume pendant quelques secondes et ses yeux, pleins de rage, se sont posés sur nous.

< Regardez-le trembler de terreur devant notre puissance ! >

– Est-ce que tu vois quelqu'un trembler de terreur, toi ? ai-je chuchoté à Marco.

– Non. Je vois juste un Yirk qui a l'air contrarié, a-t-il fait.

Et la course-poursuite a alors tourné au cauchemar. La limousine a fait une soudaine embardée. Ce monstre de métal et de glace a fondu sur nous, telle une lame de fond.

Le *Tueur des Étoiles* s'est propulsé en arrière, mais de justesse.

J'ai alors eu cette vision étrange d'un humain de la taille d'un mastodonte grimpant sur le toit de la voiture.

– Le toit ouvrant, s'est écrié Marco. Un humain-Contrôleur sort du toit ouvrant.

Dans sa main, ce Contrôleur avait un revolver. Et je ne voudrais pas paraître obsédée par la taille, mais ce revolver n'avait rien à voir avec un canon.

Un canon aurait ressemblé à un petit pistolet à eau comparé à ce qu'il brandissait.

Il faut bien que vous compreniez, nous faisions environ un seizième de centimètre. La balle qui allait sortir de ce truc ferait probablement dix ou douze fois notre taille. En temps normal, je mesure quelque chose comme un mètre cinquante. Ce qui nous donnerait une balle de vingt mètres de long.

Je dis bien une balle de vingt mètres de long !

BOOOOUUUMMM !

Des flammes ont jailli du canon. Une véritable éruption volcanique. Et la balle, grosse comme un bus, a foncé droit sur le vaisseau.

CHAPITRE
20

Le *Tueur des Étoiles* s'est écarté à la vitesse de l'éclair. La plus grosse balle de l'univers est passée à côté de nous, provoquant une brève tornade sur son passage.

< Il a osé nous attaquer ! Sans sommation ! Ce fou sans foi ni loi va bientôt regretter le jour où il est né ! >

Marco m'a regardée. Il tremblait. Tout comme moi.

Tseeew ! Tseeew ! Boooom ! Boooom !

La limousine tanguait dans tous les sens. Le vaisseau encore plus.

Nous avons pris de l'altitude pour nous retrouver au-dessus de la voiture. L'humain-Contrôleur était juste en dessous de nous, il brandissait son arme.

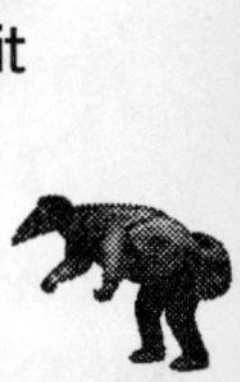

Tseeew !

Le vaisseau a ouvert le feu et l'homme a agité sa main en signe d'agacement.

Booom !

Une autre balle grosse comme une baleine est passée près de nous.

Bien sûr, pendant ce temps, les Helmacrons continuaient à hurler et à pousser leurs cris étranges. Ils continuaient à proférer les menaces et les insultes les plus folles.

Et les choses se sont alors gâtées. Le vaisseau, qui avait survolé le toit, s'est retrouvé à l'arrière de la voiture.

– Non, espèces d'imbéciles ! Vous êtes en contresens !

Sur l'écran, j'ai vu une voiture qui se dirigeait droit sur nous. C'était une sorte de 4x4 qui avait des pare-chocs gros comme l'Empire State Building.

– Prenez de l'altitude, vite ! ai-je crié.

< En haut ! En haut ! En haut ! > hurlaient des Helmacrons.

< En bas ! En bas ! En bas ! > hurlaient les autres.

Le *Tueur des Étoiles* a filé en direction du sol.

Mais le véhicule s'approchait de nous à une vitesse incroyable. Un châssis de la taille d'un continent a empli l'écran.

Et alors, au millimètre près, nous avons réussi à nous glisser dessous. Nous avons à peine eu le temps d'apercevoir les roues, les courants d'air nous secouaient violemment, et nous sommes ressortis comme une flèche sous les pare-chocs arrière.

Une autre voiture arrivait sur nous. Mais les Helmacrons avaient décidé que les hésitations concernant le bas et le haut méritaient une correction. Les longues épées ont donc repris du service.

Je me suis accroupie contre la cloison en entraînant Marco avec moi. Il paraissait à la fois horrifié et fasciné.

– Il faut que nous partions d'ici, ai-je dit. Maintenant.

– Je suis d'accord. Mais comment faire ?

– Il faut que nous morphosions.

– Morphoser ? Mais si nous morphosons en loup, ou je ne sais quoi d'autre, ces types vont nous descendre !

– Tout est une question de taille, ai-je remarqué avec détermination. Nous ne serons jamais assez grands pour les vaincre, mais nous pouvons devenir encore plus petits.

– Non, non, non, a-t-il dit en remuant doucement la tête.

– Il n'y a pas d'autre solution.

– Nous ne savons pas ce qui peut se passer si nous faisons ça.

– Nous allons le découvrir.

Il a été parcouru d'un frisson.

– En quoi, en puce ?

– Non, les puces sont trop incontrôlables. En plus, elles ne possèdent pas une bonne perception de leur environnement. J'ai pensé à des mouches. A des mouches minuscules.

Il a acquiescé à contrecœur, l'air visiblement effrayé. Je ne pouvais pas lui en vouloir. Nous avions déjà morphosé en mouches. Mais là, nous allions rapetisser comme jamais nous ne l'avions fait.

Notre taille de référence était un seizième de centimètre. Si nous devenions des mouches, nous allions rétrécir en proportion.

Ce qui ne faisait vraiment pas grand.

J'ai réussi à me concentrer, malgré les cris et les hurlements des Helmacrons qui reprenaient de plus belle.

J'ai regardé Marco. Il était en train de rétrécir lui aussi.

J'ai vu de longs poils noirs couvrir son dos. J'ai vu une paire de pattes jaillir de sa poitrine dans un bruit de succion. Sa bouche s'est distordue pour devenir protubérante. Progressivement, elle s'est transformée en une horrible bouche d'insecte.

J'étais toujours en train de le regarder quand des yeux à facettes, brillants, scintillants, ont émergé de ses orbites.

Les Helmacrons les plus proches se sont alors rendu compte de ce que nous étions en train de faire.

< Vous allez regretter cette erreur pour l'éternité ! > ont-ils hurlé.

Ils nous ont entourés. Ils nous paraissaient désormais immenses, maladroits et lents. Ils ont essayé de nous attraper, mais ils n'y sont pas parvenus.

Et nous rétrécissions toujours.

CHAPITRE 21

Nous rapetissions en nous rapprochant d'un sol dont la surface était parfaitement lisse. Mais un peu comme les grains de poussière qui étaient devenus gros comme des pierres quand nous avions rétréci la première fois, la surface lisse du sol nous a soudain paru couverte d'aspérités, de fissures et d'excroissances de toutes sortes.

Je voyais tout cela avec mes yeux de mouche, qui étaient comme des centaines d'écrans de télévision me montrant la même scène sous un angle différent.

Les couleurs étaient étranges. Ce qui est toujours le cas quand vous morphosez en mouche. Mais là, je voyais des choses qu'aucune mouche ne verra jamais.

Une immense main d'Helmacron est descendue du ciel pour m'attraper. Mais au fur et à mesure qu'elle s'approchait de moi, ma taille diminuait. Au moment où elle allait me toucher, je me suis aperçue que ce n'était plus de la chair que j'avais au-dessus de moi.

Ce que j'avais sous les yeux était un amas de cellules.

< Aaaaahhh ! > ai-je crié en me rendant compte de la situation.

< Oh non, s'est lamenté Marco, nous voilà en cours de biologie ! >

Les cellules se déplaçaient très lentement. De plus en plus lentement même. En revanche, à mesure que nous rétrécissions, nous devenions plus rapides. Plus rapides et plus forts, enfin relativement. Exactement comme lorsque nous étions passés de l'état d'humains à celui de Lilliputiens.

Les mains des Helmacrons n'étaient pas plus rapides que des escargots. Les cellules de leurs doigts ressemblaient un peu à des murs de brique construits de travers. Mais ces briques étaient plus grosses que nous. Bien plus grosses.

Il y en avait de plus claires, de plus translucides que les autres. Nous pouvions même voir à l'intérieur de certaines. Elles me faisaient penser à des sacs-poubelle transparents remplis de gelée rose toute molle. Et dans cette gelée flottait comme de la pulpe de fruit, qui était en fait la structure des cellules : un gros noyau, légèrement plus sombre que le protoplasme, et plein d'autres choses étranges...

< Alors, les cellules ressemblent à ça ? a fait Marco. Elles ne sont absolument pas de toutes les couleurs comme dans les livres de classe. >

< Comment pouvons-nous connaître la véritable couleur des choses avec ces yeux-là ? >

L'amas de cellules s'est lentement éloigné, nous laissant seuls, nous les plus petites mouches qui aient jamais existé. Nous étions désormais plus petits qu'une cellule de peau.

< Bon, ils ne peuvent plus nous attraper, a dit Marco. Mais après ? Qu'est-ce que nous allons faire ? >

< Nous en aller ? > ai-je répondu sans conviction.

< Si nous volons pendant quelques semaines,

nous parviendrons certainement à parcourir un ou deux mètres >, a ironisé Marco.

Il avait raison.

< D'un autre côté, ce vaisseau peut très bien s'écraser contre un mur mais nous, nous nous en sortirons probablement indemnes. >

< Je te rappelle que nous ne devons pas dépasser la limite des deux heures. Il est hors de question que je reste prisonnier de cette animorphe. >

< Hé ! Nous allons nous servir d'un véhicule ! ai-je suggéré. Attrape le doigt de cet Helmacron ! >

Nous avons agité nos ailes, puis nous avons décollé. Je ne sais pas exactement à quelle distance se trouvait ce doigt, mais ça ne nous semblait pas trop éloigné. Nous avons foncé comme des fous et nous avons rejoint l'amas de cellules. Mes pattes de mouche s'y sont agrippées facilement, tandis que la chose continuait à s'éloigner du sol.

Mais maintenant que j'étais posée directement sur les cellules, j'ai constaté quelque chose de troublant.

< On dirait... on dirait que ça vibre, ai-je remarqué. Le sol. Enfin, l'amas de cellules. Il vibre. >

< Oui. Mais je ne préfère pas t'expliquer pourquoi. >

< Allez, dis-moi. >

< Je pense que ce sont les molécules. Tu sais, ces trucs que tu vois quand on te montre une image de microscope à la télé, toutes ces choses minuscules qui bougent dans tous les sens. >

Je me sentais mal. J'étais fascinée, abasourdie, mais mal au fond de moi-même.

< Nous sommes petits. >

< Ah oui. Vraiment très petits. >

< Et ce n'est pas le seul problème que nous ayons. Les cellules sur lesquelles nous sommes posés vont certainement se diviser. >

En regardant à travers la surface tremblotante sur laquelle je me trouvais, je me suis aperçue que le processus était engagé. Tout cela évoluait très lentement, mais elle allait se diviser en deux.

< Regarde ! Au-dessus de nous ! >

Une masse immense approchait très lentement. Elle descendait en diagonale, comme un mur obscur.

< Je crois que nous avons la tête en bas, ai-je

remarqué en essayant de trouver une explication logique au phénomène. Je pense que cette chose que nous voyons au-dessus de nous est en fait en dessous de nous. >

< Quittons ce doigt. >

< Pourquoi ? >

< Parce que, qu'il s'agisse d'un humain ou d'un Helmacron, on ne sait jamais où il peut mettre son doigt. >

J'ai réfléchi rapidement à ce qu'il venait de me dire.

< Passe-moi les détails, d'accord ? Bien, essayons de nous poser sur ce truc. Qu'il soit au-dessus ou en dessous. >

J'ai agité mes ailes. Et même à cette taille, la mouche est un sacré bolide. Elle vole à la vitesse d'un missile. Elle vole dans toutes les positions. Et la vitesse me semblait décuplée.

S'agissait-il simplement d'une illusion, qui sait ? Rien ne paraît plus réel à cette échelle. Mais j'avais la sensation d'être propulsée par des réacteurs surpuissants.

Nous foncions dans les airs, plongeant, remon-

tant, à droite, à gauche, dans toutes les directions possibles.

Nous nous sommes finalement posés sur le supposé plancher. Il ressemblait beaucoup au doigt. Mais nous espérions qu'il s'agirait d'un refuge plus sûr.

Alors que le doigt partait lentement au loin, nous avons regardé autour de nous pour comprendre un peu mieux où nous nous trouvions. On aurait dit une immense plaine sans fin. Très haut au-dessus de nos têtes, nous distinguions une espèce de globe vert. Nous ne pouvions pas évaluer sa taille avec exactitude, car nous n'en voyions pas la fin. Tout ce que nous pouvions dire, c'est que sa surface rugueuse, constituée de cellules colorées, était sphérique.

< Un globe oculaire, a estimé Marco. Je pense que nous sommes sur la tête d'un Helmacron et qu'il s'agit d'un de ses yeux. >

Nous regardions fixement cette chose quand une lueur rouge a soudain resplendi. J'ai vu l'œil se fermer pour s'en protéger.

Mais il ne s'agissait pas simplement de lumière.

Une vague de chaleur s'est propagée à la vitesse

d'un ouragan à la surface du crâne de l'Helmacron. Et il s'est alors passé quelque chose qu'aucun œil humain ne serait capable de voir. Enfin, pas avec ces détails terrifiants.

Je pense que nous savions tous les deux ce qui était en train de se passer. Mais des fois, vous refusez de croire ce que vous voyez.

Cet éclat soudain était la lueur mortelle d'un rayon Dracon. La lumière reste la lumière. Elle se déplace toujours à la même vitesse, quelle que soit la taille que vous ayez.

En revanche, lorsque la vague d'énergie a déferlé dans ce corps frappé par le rayon, la réaction physiologique des cellules qui éclatent en tous sens s'est faite plus lentement.

Ax nous avait expliqué ce phénomène étrange, qui est une invention propre à la technologie yirk. L'atomiseur andalite, dont les Yirks se sont inspirés pour mettre au point le lance-rayons Dracon, tue immédiatement sa victime, sans la faire souffrir.

Le rayon Dracon a été conçu pour agir plus lentement. Les Yirks veulent que leurs ennemis aient le temps de sentir leur corps imploser.

Et là, posés sur un amas de matière secoué de vibrations, nous avons vu s'approcher la déflagration. Les cellules étaient projetées dans les airs, explosant comme des ballons trop gonflés, expulsant dans les airs les noyaux et autres molécules.

< Tirons-nous ! > a hurlé Marco.

Je suis sortie de l'espèce de transe dans laquelle ce spectacle m'avait plongée.

J'ai agité mes ailes et je me suis envolée juste au moment où l'onde de choc allait nous atteindre.

CHAPITRE 22

Nous étions pris dans une véritable tornade. Dans des courants d'air si chauds que nos ailes nous brûlaient. Nous avons été balancés dans les airs et projetés l'un contre l'autre. Instinctivement nous nous sommes agrippés mutuellement, pattes de mouche contre poils de mouche.

Nous filions à la vitesse d'un météore, tournoyant sur nous-mêmes sans avoir aucun contrôle de la situation.

Tout autour de nous était en flammes. Des bruits sourds résonnaient à nos oreilles. Nous étions pris dans un tourbillon d'une étrange lenteur auquel il était impossible de résister.

Nous avons dû perdre conscience quelque temps, car il s'est passé un long moment avant que

je n'entende de nouveau la parole mentale de Marco.

< Des rayons Dracon ! s'est-il exclamé. Les Yirks ont touché le vaisseau. >

< Et nous sommes en plein milieu d'une route >, ai-je ajouté en m'agrippant toujours à ce corps de mouche qui était mon seul espoir de survie.

< J'ai l'impression que l'ouragan se calme et que la température baisse >, a observé Marco.

Nous nous tenions toujours fermement l'un à l'autre, tandis que le vent perdait peu à peu de sa force. La température devenait plus supportable. Mais autour de nous régnait toujours le chaos.

Nous nous sommes enfin séparés et nous avons volé côte à côte dans les airs. Étions-nous toujours dans le vaisseau ? Y avait-il encore un vaisseau ? Impossible de le savoir. Rien n'était assez proche.

Nous pouvions être n'importe où. Nous pouvions être à quelques centimètres du sol ou à des centaines de kilomètres d'altitude. Il y avait peut-être quelqu'un tout près de nous, mais nous pouvions aussi bien être perdus dans un coin quelconque de l'univers.

< Il faut démorphoser >, ai-je dit.

< Mais nous ne savons pas où nous sommes, a répondu Marco. Si ça se trouve, on est en plein milieu de la route et un camion s'apprête à nous écraser. >

J'ai essayé de regarder autour de moi en utilisant au mieux mes yeux de mouche. Mais ils ne sont pas faits pour voir au loin. Les mouches n'ont pas besoin de ça. J'ai alors utilisé mon odorat, mais j'avais l'impression de ne plus en avoir. Les molécules qui composent les odeurs devaient probablement être trop grosses pour que je puisse les analyser.

< Si nous démorphosons tout doucement, nous allons retomber sur le sol à mesure que nous reprendrons du poids >, ai-je expliqué.

< A moins que nous ne soyons percutés par le camion. >

< Je vais essayer >, ai-je annoncé.

< Pas la peine de jouer les héros, a-t-il fait en rigolant. Si nous devons y passer, nous y passerons tous les deux. >

Je me suis concentrée, en essayant d'oublier ma peur. Et en essayant de résister à l'envie de deve-

nir aussi grande que possible le plus rapidement possible.

J'ai commencé à me transformer et j'ai immédiatement ressenti un changement. A mesure que je grandissais, la gravité se faisait de plus en plus forte. Mes ailes restaient immobiles, refusant d'obéir à mes instincts d'insecte volant, mais je continuais à flotter dans les airs.

J'ai démorphosé un peu plus. Désormais, je devais faire une douzaine de fois ma taille de mouche. Mais j'étais encore loin d'avoir retrouvé mon seizième de centimètre.

Il n'y avait plus aucun doute, je me dirigeais vers le sol. Je ressentais distinctement l'attraction terrestre. Je pouvais faire la différence entre le bas et le haut. Je tombais, mais doucement. Les vents tourbillonnant, tels de gigantesques courants thermiques, continuaient à me porter.

Mes yeux à facettes ont alors progressivement été remplacés par mes yeux d'humain. Je voyais Marco. Comme moi, il était un horrible mélange de mouche et d'humain, tombant lentement en dérivant dans les airs.

Soudain, loin en dessous de nous, j'ai aperçu le sol. Enfin, ce qui semblait être le sol.

J'avais l'impression d'être un parachutiste sans parachute, tournant sur moi-même tout en me rapprochant toujours plus de la Terre. Mais au lieu de découvrir un patchwork de champs et de routes, je me dirigeais vers une sorte de nid de serpents géants dressant leur tête vers le ciel.

< Oh, génial >, a grommelé Marco.

Le vent nous a portés un peu plus loin, vers un endroit plus dégagé. Il s'agissait d'une sorte de plaine toute rose, qui plongeait à l'horizon.

J'ai continué à démorphoser. Je n'avais pas vraiment d'autre choix. J'ai gagné de la vitesse, mais je tombais encore lentement. Les serpents me paraissaient moins grands, bien que toujours monstrueux. Maintenant, ils me faisaient plutôt penser à des palmiers gigantesques.

Ils étaient plantés dans le sol, à des kilomètres en dessous de moi. Leur tronc fin, rugueux et légèrement penché se balançait doucement. Leur sommet, qui se divisait en deux ou trois, avait une apparence encore plus rugueuse.

< Oh, mon Dieu, des cheveux ! ai-je fait. Nous allons atterrir sur la tête de quelqu'un. >

< Espérons que ce ne soit pas sous ses bras >, a ajouté Marco.

Nous descendions vers un espace situé entre une immense forêt et une plaine sans fin.

Nous sommes alors tombés entre des cheveux très espacés les uns des autres, toujours plus bas vers la peau du crâne. Il faisait sombre dans ce drôle d'endroit, et nous n'étions pas seuls.

Ce n'était pas comme dans les dessins animés, où des yeux brillants percent l'obscurité de la jungle. Non, les créatures que nous apercevions n'avaient pas d'yeux. Elles étaient accrochées à la base des cheveux et paraissaient presque nous attendre tandis que nous continuions à tomber.

Des bêtes horribles avec huit pattes et des mâchoires qui claquaient. Il y en avait des centaines. Partout, tout autour des cheveux. Pour un œil normal, il aurait été impossible de les voir. Mais pour nous, elles étaient aussi grosses que des chiens.

< Des acariens ! me suis-je exclamée en me retenant de vomir. Tout le monde en a. >

< Bon, finissons de démorphoser rapidement ! >

Nous avons vite retrouvé notre taille de Lilliputiens. Juste au moment où nous atterrissions au milieu de ces monstrueux parasites.

Nous étions désormais bien plus gros qu'eux. On aurait dit des rats à présent. Et ils ne faisaient pas du tout attention à nous, nous ne les intéressions pas.

Pourtant, je continuais à être terrifiée à la vue de ces trucs.

Nous étions redevenus complètement humains et nous nous sommes mis à courir à toute allure à la lisière de cette forêt de cheveux.

– Encore une chance qu'ils n'aient pas encore réussi à vaincre la calvitie, a plaisanté Marco, tout essoufflé, alors que nous filions maintenant sur une peau rose et lisse.

Nous avions retrouvé nos yeux d'humains, et également nos oreilles.

Mais ce que nous avons entendu n'a pas été pour nous rassurer.

< Ceci est un vaisseau helmacron, disait Vysserk Trois. C'est trop... mignon... Voilà ce qu'il en reste ! Ah ! ah ! ah ! ah ! >

Une voix humaine s'est alors fait entendre, provoquant des vibrations tout le long du crâne et résonnant à nos oreilles comme une corne de brume.

– Félicitations pour votre victoire, Vysserk !

< Bah ! Vaincre un vaisseau helmacron n'est pas un grand exploit, Chapman. >

J'ai regardé Marco qui m'a fixée à son tour.

– Chapman ? avons-nous répété tous les deux en même temps.

Nous étions sur le crâne de Chapman, notre proviseur. Celui qui dirigeait l'organisation yirk le Partage.

Chapman qui était à moitié chauve.

< Ah, vous voilà ! > s'est exclamé quelqu'un en parole mentale.

J'ai fait un bond de trois mètres. Ou peut-être d'un millimètre. Mon cœur aussi a fait un bond avant que je ne reconnaisse cette voix familière.

< Ça fait un moment que je vous cherche >, a repris calmement Tobias qui est descendu en piqué vers nous.

CHAPITRE 23

– Tobias ! Qu'est-ce que tu fais là ? ai-je crié, folle de joie de le revoir.

J'ai également crié parce que les faucons ont beau posséder une meilleure ouïe que les humains, comme j'étais très petite, ma voix était toujours très faible.

< Vous êtes sur la tête de Chapman et c'est vous qui me demandez ce que je fais là ? >

Il s'est mis à rire.

< On s'est fait du souci pour vous. >

– Comment nous avez-vous retrouvés ?

< Grâce à l'autre vaisseau helmacron, le *Terreur des Planètes*. Rachel a réussi à lui donner un bon coup de barre de fer. Jake l'a ensuite attrapé et l'a bloqué dans un étau, dans la grange de Cassie. >

Il s'est posé à côté de nous, en enfonçant légèrement ses serres dans la chair du crâne.

– Celui que mon père utilise pour bricoler ? ai-je demandé.

Mon père a aménagé un petit atelier au fond de la grange. C'est là qu'il répare les cages et diverses autres choses. Et il possède effectivement un gros étau fixé à son plan de travail.

< Oui, il les a coincés là et les a menacés de serrer jusqu'à ce qu'ils acceptent de nous obéir. >

– Mais vous ne les avez pas crus j'espère, a dit Marco.

< Nous ne sommes pas des imbéciles. Ils nous ont livré des otages : leur capitaine et tout un groupe de dirigeants de haut rang... >

– Mais si, vous êtes des imbéciles ! s'est écrié Marco. Tous les chefs helmacrons sont des morts ! Ils ne font pas confiance aux vivants, alors tous leurs chefs sont des morts !

< Qu'est-ce que tu racontes ? >

– Il a raison, ai-je confirmé. Au fait, Jake, Rachel et Ax sont également ici ?

– Et tu pourrais nous dire où nous sommes

vraiment par la même occasion ? a demandé Marco.

< Oui, nous sommes tous ici, mais en animorphe. Nous sommes en pleine réunion du Partage. Vysserk Trois est là pour rencontrer secrètement tous les chefs Contrôleurs. Il s'amuse à exhiber le *Tueur des Étoiles*. Il l'a détruit avec un rayon Dracon, enfin je pense. Il le tient dans sa main et fait des discours sur les Helmacrons. Chapman applaudit. >

Maintenant que j'y faisais attention, je ressentais effectivement une sorte de vibration qui secouait la tête de Chapman. Il devait être en train de frapper dans ses mains.

Et si je regardais vers l'horizon, je distinguais d'autres sommets de crâne, ce qui me faisait un peu penser à une chaîne montagneuse se découpant dans le lointain.

Il y avait des échos de conversations, des voix résonnaient, ponctuées d'applaudissements.

Soudain j'ai eu un terrible doute.

– Où est le Cube Bleu ? ai-je demandé.

< Eh bien... c'est Ax qui l'a. Nous nous trouvons

dans la vieille salle de réunion que le Partage utilise parfois, a expliqué Tobias. Ax est dehors, en animorphe humaine. Il attend que nous vous ayons récupérés. Puis nous retournerons voir les Helmacrons qui nous expliqueront comment faire pour vous redonner votre taille normale. >

– Pourquoi avez-vous apporté le Cube Bleu ici ? s'est énervé Marco.

< Vous savez combien les Helmacrons aimeraient le récupérer. Il était impossible de trouver une cachette vraiment sûre. Alors nous l'avons pris avec nous. Nous ne pouvons pas prendre le risque de le perdre. Les Helmacrons en auront besoin pour vous redonner votre taille normale, ils nous ont promis de le faire, et... >

– Oh non ! ai-je fait. Les Helmacrons vous ont aidés à retrouver le *Tueur des Étoiles*. Et vous êtes venus ici avec le Cube Bleu ? Mais vous ne comprenez donc pas ? Ils vont essayer de vous le reprendre ! Ils pensent que vous serez trop occupés avec les Yirks pour les en empêcher !

< Mais ils sont retournés à la grange... et... Oh m... Ax ! Ils vont s'en prendre à lui ! Il est en

animorphe d'humain avec des yeux d'humain ! Il ne pensera jamais à regarder ce qui arrive derrière lui ! >

Tobias a battu des ailes et s'est envolé. Il est parti au loin en nous laissant là, sur cette vaste plaine dénudée qu'était la tête de Chapman. Mais Tobias n'est pas allé très loin.

< Nous allons détruire tout ce qui s'oppose à nous ! a déclaré la voix familière d'un Helmacron proférant les habituelles menaces. Nous allons humilier, soumettre et massacrer tous ceux qui se mettront en travers de notre chemin ! >

Il volait à basse altitude, rasant le crâne chauve de Chapman. J'ai levé les yeux et je l'ai vu passer juste au-dessus de ma tête. Le *Terreur des Planètes.*

Et il transportait le Cube Bleu.

< Nous allons pouvoir venger nos valeureux camarades du *Tueur des Étoiles* qui sont morts en grands héros ! >

J'ai regardé Marco.

– Nos valeureux camarades ? Mais ils ne pouvaient pas se voir avec ceux du *Tueur des Étoiles* et inversement.

Marco a haussé les épaules.

– Le *Tueur des Étoiles* a été détruit, alors maintenant ils les trouvent sympathiques. Je t'avais dit qu'ils sont complètement cinglés.

Le vaisseau, qui entraînait avec lui le Cube Bleu, s'est arrêté et est resté suspendu dans les airs quelques centimètres au-dessus de Chapman. La tête a bougé, le vaisseau a suivi son mouvement.

Puis elle s'est inclinée légèrement, mais suffisamment pour que nous puissions voir ce qui se passait autour. Et là, en face de nous, est apparue une sombre figure, immense, une de ces figures que l'on n'oublie pas.

Vysserk Trois.

Il n'avait pas l'air très content, et il y avait de quoi. Parce que le vaisseau helmacron était en train de le viser.

Les petits extraterrestres ont ouvert le feu. Le rayon vert a entouré le Vysserk d'un halo de lumière. Puis il s'est mis à rétrécir.

CHAPITRE 24

« Ô puissant parmi les puissants, majestueux parmi les majestueux ! Nous nous sommes emparés du Cube Bleu au pouvoir de transformation ! Et nous allons venger nos valeureux camarades, le glorieux équipage du Tueur des Étoiles, *qui sont morts en combattant ! »*

Extrait du journal de bord du vaisseau helmacron Terreur des Planètes.

Vysserk Trois sortait de notre champ de vision à mesure que sa taille diminuait.

Chapman a immédiatement essayé de s'emparer du petit vaisseau, mais les Helmacrons ont facilement filé entre ses gros doigts. On entendait beaucoup de cris. Pourtant, personne n'a pu empêcher le *Terreur des Planètes* de tirer, encore et encore.

< Jake ! Rachel ! Ax ! hurlait Tobias en parole

mentale. Nous avons des problèmes ici ! De gros problèmes ! >

Mais je pense qu'ils s'en étaient déjà aperçus. Il m'était difficile de comprendre ce qui se passait exactement, car ce qui s'agitait devant moi était si immense qu'on aurait dit des planètes.

J'ai quand même réussi à distinguer un mur de plumes gris pâle passer devant moi à toute allure en frôlant le visage de Chapman. Il s'agissait d'un faucon pèlerin deux fois plus gros qu'une baleine, enfin par rapport à ma taille.

Ses serres étaient si grandes qu'il m'aurait bien fallu cinq minutes pour les parcourir d'un bout à l'autre. Il est passé en trombe, se dirigeant droit sur le vaisseau helmacron.

Il ne venait pas pour sauver Vysserk Trois, bien entendu. Il était là pour récupérer le Cube Bleu qui ne devait absolument pas tomber entre les mains des Yirks.

En effet, tout en continuant à rapetisser dans son corps d'Andalite, Vysserk Trois hurlait d'une voix de plus en plus faible :

< Le Cube Bleu ! Le cube à morphoser ! Attra-

pez-le ! Attrapez-le, imbéciles ! Laissez tomber tout le reste, il me faut ce cube ! >

La confusion a bientôt été totale.

Une immense créature est alors apparue et s'est mise à tournoyer au-dessus de nous. C'était Jake, en animorphe de faucon pèlerin, volant dans tous les sens à une vitesse incroyable pour essayer de reprendre le cube aux Helmacrons.

Et puis est arrivé Ax, qui avait retrouvé son corps d'Andalite. Il était d'une taille monstrueuse, ses yeux tentaculaires me faisaient penser à des piscines aux reflets verts. Et Rachel, si immense dans son animorphe de grizzly, que sa tête couverte de poils semblait perdue dans les étoiles.

Des humains-Contrôleurs couraient dans tous les sens. J'ai même cru apercevoir une corne tranchante de Hork-Bajir passer à la vitesse d'un éclair.

On aurait dit un bal de géants. Une espèce de fête un peu folle organisée par des êtres monstrueux. Des cris retentissaient de partout.

< Rachel, attrape-le ! > hurlait Jake.

– Emparez-vous du cube ! Emparez-vous du cube ! criaient des Contrôleurs complètement paniqués.

< Récupérez ce cube ou je vais vous le faire payer très cher ! > menaçait Vysserk Trois, fou de rage, en parole mentale.

Bien entendu, les Helmacrons n'étaient pas en reste.

< Ne cherchez pas à fuir devant nous, misérables créatures ! Vous ne pourrez pas échapper à notre terrible courroux ! >

Des mains, des griffes et des serres tentaient désespérément d'agripper le vaisseau, mais en vain. Même ralenti par le poids du Cube Bleu, il était encore plus rapide que cette mêlée confuse de Contrôleurs et d'animorphes de toutes sortes.

< Votre lutte est vaine, pitoyables créatures inférieures ! Vous serez bientôt les esclaves de l'éternel empire helmacron et de ses puissants combattants ! >

Jake, Rachel, Ax et Tobias dirigeaient leur parole mentale pour que nous soyons les seuls, avec eux, à pouvoir l'entendre. Et ce qu'ils se racontaient n'était pas encourageant.

< Rachel, attention, derrière toi ! >

< Je l'ai ! Non, loupé ! >

< Prince Jake, il arrive vers toi ! >

< Aaaahhh ! Non ! Non ! Non ! Je suis touchée. Je rapetisse ! Ces misérables vermines… >

– Il faut que nous les aidions, ai-je dit à Marco en le prenant par l'épaule.

– Les aider ? Et qu'est-ce que nous pouvons bien faire ? Nous ne pourrions même pas écraser une fourmi !

< Oh non, ma taille continue à diminuer ! se lamentait Rachel. Ils vont regretter ce qu'ils ont fait. Je vais botter leurs petites fesses ! >

– Ils vont tous se faire avoir par le rayon rétrécissant ! me suis-je écriée.

Je me sentais désespérée et complètement désarmée. Que pouvions-nous faire? Que pouvaient faire deux minuscules humains comme nous ?

Et j'ai soudain eu une idée brillante. Enfin… une idée.

– Marco, je vais morphoser ! Il faut que je puisse utiliser la parole mentale. Et il faut que nous devenions encore plus petits !

Je me suis concentrée et j'ai commencé à me transformer en putois. J'allais devenir bien plus petite, sans pour autant atteindre une taille infracellulaire comme avec la mouche. Dès que j'en ai été capable, j'ai crié comme une folle pour appeler Tobias :

< Tobias ! Viens nous chercher Marco et moi ! >

< D'accord ! De toute manière, je n'ai rien à faire de mieux, m'a-t-il répondu, visiblement mécontent. Les Helmacrons sont occupés à réduire tout ce qui se trouve sur leur passage. Et les Contrôleurs courent dans tous les sens pour essayer de récupérer le Cube Bleu. Personne ne fait attention à moi ! Je ne suis pas une menace ! Mais je dois quand même vous signaler que vous êtes trop gros pour que je vous porte tous les deux ! >

< Plus maintenant ! >

Ma taille diminuait rapidement, je faisais déjà moins qu'un seizième de centimètre. Mais je ne distinguais cependant pas les molécules, comme la dernière fois. Et c'était tant mieux. Ce spectacle avait été trop horrible.

Marco a suivi mon exemple, il a morphosé rapidement en taupe. Tobias est descendu en piqué vers nous. Il mesurait toujours un seizième de centimètre. Ce qui nous paraissait maintenant très grand. Il s'est saisi de nous, nous tenant chacun dans une serre, et il s'est éloigné dans les airs.

< Alors, vous avez un plan ? > a-t-il demandé.

< Oui. Tout est une question de taille, il faut garder cela à l'esprit, ai-je expliqué. Nous faisons désormais la taille d'un Helmacron. Et quand nous morphosons en quelque chose de plus petit, nous rétrécissons par rapport à cette taille, exact ? >

< Exact, à moins que tout cela ne soit qu'un mauvais cauchemar >, a fait Marco.

< Bien. Alors que se passerait-il si nous morphosions en quelque chose de plus grand ? Ne deviendrions-nous pas plus grands, relativement à notre taille actuelle ? >

< Mais oui ! > s'est exclamé Tobias.

Puis après un court silence il a ajouté :

< Et alors ? >

< Alors, tu as dit que les Helmacrons t'ignoraient totalement depuis que tu avais rétréci >, ai-je continué.

< Oui, mais je ne vois toujours pas où tu veux en venir. >

< Alors, tu ne crois pas que nous pourrions atterrir sur leur vaisseau ? >

CHAPITRE 25

Nous avons grimpé le long des pattes de Tobias, jusqu'à ses plumes les plus basses, pour qu'il puisse se servir de ses serres.

Et il nous a transportés dans les airs. C'était toujours la pagaille la plus complète. Les humains-Contrôleurs poursuivaient le vaisseau helmacron pour récupérer le Cube Bleu. Les Helmacrons répliquaient en utilisant leur rayon rétrécissant et en tirant sur tout ce qui s'approchait d'un peu trop près.

Mais ils ne faisaient effectivement pas attention à Tobias. Qui ne représentait pas une menace. Enfin, c'est ce qu'ils croyaient.

< Je pense que je vais réussir à m'agripper ! > a-t-il prévenu alors que le vaisseau faisait un écart dans notre direction.

Il est arrivé juste en dessous de nous et s'est immobilisé un instant pour ajuster son tir.

Profitant de ces quelques secondes d'immobilité, Tobias s'est penché vers l'avant et a rabattu ses ailes le long de son corps. Il est tombé comme une pierre. Ou tout au moins comme un gros grain de sable.

Il s'est posé sur le dessus du vaisseau helmacron qui était encombré de tuyaux, d'équipements et de radars de toutes sortes. Il a donc facilement pu trouver une prise sur laquelle refermer ses serres.

Le vaisseau est ensuite reparti comme une flèche vers une forêt de mains qui s'agitaient en tous sens.

< Regardez les efforts pitoyables des usurpateurs yirks ! Ils s'imaginent pouvoir devenir les maîtres de la galaxie. Ah, ah ! Nous sommes les véritables maîtres de la galaxie, nous, les Helmacrons ! >

Et il fallait en convenir, ils faisaient vraiment pitié. Personne ne voulait tirer tant que les Helmacrons avaient le Cube Bleu. Tout le monde était concentré sur ce seul et unique objectif.

< OK, et maintenant ? > a demandé Tobias.

< Maintenant, nous morphosons. Toi, tu morphoses en humain. Ta taille humaine devrait être en rapport avec ta taille actuelle.Tu feras au moins un quart de centimètre ! Cela fait beaucoup de poids supplémentaire pour ce vaisseau qui porte déjà un gros cube. >

< Ça les ralentira peut-être, est intervenu Marco. Mais est-ce que ce sera suffisant pour les stopper ? Et si c'est le cas, les Yirks auront alors la possibilité d'attraper le cube. >

< Je ne pense pas que cela les stoppera, ai-je admis. Mais mon animorphe, si. Voyons voir comment ils font faire pour voler avec une baleine à bosse sur le dos ! >

< Hum, Cassie ? a fait Marco. Comment vas-tu faire pour tenir ? Ton animorphe mesurera bien quatre ou cinq centimètres ! >

< Je vais me mettre entre les réacteurs. Quand je grossirai, je me retrouverai coincée des deux côtés. >

< D'accord, essayons >, a dit Tobias.

Il a commencé à morphoser en humain.

L'animorphe est toujours un processus effrayant, dérangeant et horriblement étrange. Mais, en plus, il s'agissait là d'une expérience totalement nouvelle. Je me trouvais sur quelqu'un qui était en train de morphoser. J'étais assise là, enfonçant mes petites griffes de putois dans le plumage de Tobias qui déjà se transformait.

Je me suis laissée glisser pour me poser sur une de ses serres qui grandissaient tout en ramolissant. J'étais toujours là, à quelques centimètres, quand des doigts de pied sont apparus. J'avais l'impression d'être au beau milieu d'un tremblement de terre. Le sol grondait et bougeait.

Tobias devenait de plus en plus grand. Mais à mesure qu'il grandissait, il se baissait pour s'accrocher au vaisseau avec ses mains en formation.

Marco et moi avons commencé à démorphoser. Nous devions former un bien étrange tableau. Un faucon si minuscule qu'il était difficile de le voir se transformait en humain dont la taille ne dépasserait pas celle d'un soldat de plomb, tandis que, quelque part sous ses jambes, apparaissaient deux humains encore plus petits que lui.

Le vaisseau helmacron tanguait toujours dans tous les sens, mais nous nous cramponnions fermement. Nos muscles étaient largement assez puissants pour notre petite masse.

Tobias nous portait maintenant tous les deux sur son dos. Il s'est mis à ramper avec précaution vers l'arrière du vaisseau. Pendant ce temps, bien entendu, les Helmacrons continuaient avec leurs fanfaronnades.

< Nous allons remporter la plus grande victoire de tous les temps ! Les usurpateurs yirks, les humains et les Andalites vont ramper à nos pieds ! Chaucun d'eux va se soumettre lamentablement en demandant pitié ! >

Nous sommes arrivés près des moteurs. Ils étaient chauds au toucher, mais pas brûlants. Tobias nous a aidés à descendre. Marco et moi l'avons regardé, puis nous avons hoché la tête.

– Une chose est sûre, nous ne pourrons pas aller plus loin dans l'étrangeté, a-t-il déclaré. Nous ne sommes pas plus grands que des pépins et nous avons sous les yeux un oiseau qui s'est transformé en garçon, et qui nous semble immense parce qu'il

mesure un peu plus d'un quart de centimètre. Nous sommes sur un minuscule vaisseau extraterrestre que nous espérons pouvoir empêcher de voler grâce à une fille qui va se transformer en baleine de la taille d'un bébé souris. De cette manière, nous arriverons peut-être à vaincre une bande de cinglés dont le cerveau n'est pas plus gros qu'une bactérie. Ça c'est sûr, nous avons gagné l'oscar du scénario le plus délirant du monde. Pas de contestation possible. Bienvenue dans le monde des foldingues.

Tobias m'a aidée à me mettre en place. Son bras était puissant et réconfortant. Pourtant, il n'était probablement pas plus gros qu'un bout de spaghetti. Marco avait raison, nous étions vraiment des abonnés au monde de l'étrange.

– Bien, ai-je dit à Tobias. Tiens-moi, juste le temps que je sois coincée.

J'ai commencé à morphoser. J'ai commencé à grossir. Il s'agissait de la plus grosse animorphe que nous possédions : une animorphe de baleine à bosse.

Une véritable baleine de ce genre mesure peut-être vingt-cinq mètres de long. C'est-à-dire plus de douze fois ma taille normale. Désormais, ma taille de référence était approximativement un seizième de centimètre. Douze fois un seizième de centimètre, cela fait encore moins de deux centimètres.

Mais il faut également faire le calcul pour le poids. En d'autres termes, parler d'une baleine d'un peu plus d'un centimètre ne veut pas dire grand-chose. Parce qu'une vraie baleine à bosse doit peser dans les soixante tonnes.

Donc, plus je grandissais, plus le vaisseau helmacron devait supporter une masse importante. Une masse très importante même… pour lui.

Je grandissais, grandissais, devenant de plus en plus lourde. Cela me faisait un peu mal d'être coincée entre les deux réacteurs mais, au moins, j'étais sûre de ne pas tomber.

Et soudain, à notre plus grande surprise, une trappe s'est ouverte dans le fuselage du vaisseau. Deux yeux ont alors surgi. Suivis par d'autres.

Deux Helmacrons sont sortis sur le toit de l'engin pour nous rejoindre.

< Arrêtez ça immédiatement ! Acceptez votre destin d'esclaves soumis pour l'éternité ! >

< Pas question, ai-je répondu. Je vais continuer à morphoser et à grossir jusqu'à ce que ce vaisseau soit obligé de se poser. >

< Nous sommes les Helmacrons ! Nous sommes les maîtres de la galaxie ! Tous ceux qui s'opposent à nous seront détruits sans pitié ! >

– Oh, la ferme ! est intervenu Marco.

Les deux Helmacrons l'ont fixé sans comprendre.

– La ferme, a-t-il répété. La… ferme ! Vous n'êtes les maîtres de rien du tout ! Vous êtes des malades qui n'arrêtent pas de beugler ! Vous êtes des minus. Vous ne pourriez même pas battre un asticot à mains nues.

Tobias a attrapé les deux Helmacrons par le col et les a soulevés. Leurs petites jambes s'agitaient violemment.

< Prosternez-vous à nos pieds, abjectes et misérables créatures de race inférieure ! > hurlaient-ils.

– Cassie, continue à morphoser, a dit Marco.

J'ai obéi. Et je suis devenue encore plus grande. Le vaisseau n'était plus aussi véloce. Il commençait à ralentir et à pencher vers l'arrière.

Il devait également avoir perdu de l'altitude,

parce que nous étions désormais au beau milieu de toutes ces mains qui cherchaient à nous attraper.

Des doigts gros comme des colonnes de temple grec fouettaient les airs. Nous étions entourés de visages grimaçants de la taille d'un lac.

Ils continuaient à tirer avec leur rayon vert, mais les mains et les visages se rapprochaient, et le petit engin perdait de la vitesse.

– Rendez-vous bande, d'imbéciles ! s'énervait Marco. Rendez-vous et Cassie démorphosera. Laissez tomber et on vous laissera partir !

< Nous sommes les Helmacrons ! Nous ne nous rendrons jamais ! Nous sommes les maîtres incontestés ! Vous devez tous… >

A cet instant, une main vraiment vraiment grosse s'est abattue sur le côté du vaisseau.

CHAPITRE 26

Whammmmm !

Crrrrunch !

Des doigts gigantesques l'ont agrippé et se sont progressivement resserrés autour de lui.

Je distinguais les dessins des empreintes, les plis et les lignes de la main. Le vaisseau aurait été capable de lui échapper s'il n'avait pas été si chargé. Mais les Helmacrons ne voulaient pas lâcher le Cube Bleu et ils ne voulaient pas se rendre.

Tout compte fait, mon plan ne semblait pas vraiment être une bonne idée.

– Démorphose ! a hurlé Tobias.

– Il a raison, tu dois démorphoser ! a approuvé Marco. Il vaut encore mieux les Helmacrons que les Yirks !

J'ai commencé à démorphoser, rapetissant aussi vite que je le pouvais.

Trop tard !

Un pouce de la superficie de Paris s'est plaqué contre l'autre côté du vaisseau. Nous étions pris !

– Je l'ai ! s'est exclamée une voix monstrueuse, tout près de nous.

Et soudain, une chose qui ressemblait à un croissant de lune – qui en avait la taille en tout cas – est descendue du ciel juste au-dessus du pouce.

Même pour nous, elle paraissait se déplacer à grande vitesse. Elle descendait, descendait, descendait...

Slaaasshhh !

La lame caudale d'Ax a frappé le pouce qui a disparu brusquement. J'ai entendu un cri de douleur.

Le vaisseau s'est balancé dans tous les sens, complètement hors de contrôle. Tobias a laissé tomber les Helmacrons et s'est agrippé à la première chose qu'il a trouvée. Marco était si petit qu'il n'a pas eu de problème pour se maintenir en équilibre. Quant à moi, j'étais toujours coincée entre mes réacteurs.

Une autre main, avec des doigts plus fins et plus nombreux, nous alors attrapés et nous a maintenus dans les airs.

< Je les tiens, prince Jake ! > a crié Ax.

< Alors partons vite d'ici ! > a hurlé ce dernier.

< Jake ! Où es-tu ? > me suis-je exclamée en parole mentale, trop contente d'entendre de nouveau sa voix.

< Je suis accroché à une jambe d'Ax. Mais je ne sais pas laquelle. >

< Tu es sain et sauf ! >

< Pas vraiment. Rachel et moi ne sommes pas seuls. Nous sommes poursuivis par Vysserk Trois et une vingtaine de Contrôleurs. Un minuscule tigre et un petit grizzly contre Vysserk Trois qui a morphosé en un monstre carrément bizarre ! >

< Ax ! ai-je repris, il faut que tu nous mettes sur ta jambe pour que nous puissions aider Jake et Rachel ! >

< Mais je ne sais pas sur laquelle ils sont >, m'a-t-il fait remarquer.

Il courait désormais à toute allure, tenant le vaisseau helmacron et le Cube Bleu dans ses faibles bras d'Andalite. Un de ses doigts était posé sur moi et m'écrasait, j'ai donc commencé à démorphoser pour me dégager.

Tobias a rampé pour s'approcher de moi et pour me retenir alors que je rétrécissais. Il m'a ensuite tirée à lui et m'a assise sur ses genoux comme un bébé. Il s'était appuyé contre un des doigts d'Ax.

Juste un peu plus loin, j'ai vu défiler une rangée de petits yeux pas plus gros que des têtes d'épingle.

– Les Helmacrons ! me suis-je exclamée maintenant que j'étais redevenue complètement humaine. Ils s'enfuient !

Tobias a tourné la tête pour les observer à son tour. Il s'est recroquevillé sur lui-même et a fait signe à Marco de garder le silence. Des dizaines, peut-être des centaines d'Helmacrons abandonnaient le vaisseau.

Tobias était le plus visible d'entre nous, il a donc décidé de démorphoser et de redevenir un faucon, pour éviter de se faire repérer.

Marco a remué doucement la tête et, dans un aible murmure, il a dit :

– D'accord, je l'avoue, j'avais tort. Nous pouvions faire encore plus étrange. Mais là, nous sommes au top.

< Je suis en train de semer mes poursuivants, nous a informés Ax. Mais j'entre dans une zone exposée au regard de tous. Je vais devoir morphoser en humain. Mais si je fais ça, les Contrôleurs risquent de m'attraper. En plus, ils vont savoir que je possède une animorphe d'humain ! >

< Ils le savent que tu as une animorphe d'humain, a dit Rachel. Ou, tout au moins, ils s'en doutent. >

< Rachel a raison, est intervenu Jake qui était quelque part sur la jambe d'Ax. Tu n'as pas le choix. Morphose en humain. >

< D'accord, prince Jake. >

Je m'attendais à ce que Jake lui dise de ne pas l'appeler prince. Mais ce qu'il a dit ensuite a été totalement différent :

< Rachel ! a-t-il hurlé. C'est Vysserk Trois ! Ce tentacule ! Attention ! >

Ax a alors commencé à morphoser.

< Où dois-je aller ? a-t-il demandé, visiblement mécontent, tout comme moi, de ne pas pouvoir

aider les autres. Tobias ! Cassie ! Marco ! Où dois-je aller une fois que je serai en animorphe humaine ? >

J'ai essayé de rester calme, mais les cris que poussaient Jake et Rachel étaient le signe qu'une féroce bataille faisait rage dans la fourrure bleue de l'Andalite.

Où ? Où pouvions-nous aller ? Que pouvions-nous faire ? Comment pouvions-nous vaincre un ennemi qui n'était pas plus gros qu'une fourmi ? Quelle arme pourrions-nous employer...

Et soudain, comme une évidence, la réponse a surgi dans mon esprit.

– Tobias, ai-je dit. Demande à Ax de ne pas morphoser en humain. Nous avons besoin de voler.

< Pour aller où ? >

– Au zoo. Il faut que nous allions au Parc.

< Mais pour quoi faire ? >

– Pour faire le plein d'ADN, ai-je répondu.

CHAPITRE 27

« Ô grandeur toute-puissante ! Une terrible catastrophe est survenue ! Nous avons perdu notre vaisseau ! Mais nous n'avons peur de rien ! Nous sommes des braves parmi les braves, des courageux parmi les courageux ! Rien ne nous arrêtera tant que nous n'aurons pas vaincu cet être immense recouvert de fourrure bleue. Alors nous pourrons mener à bien notre mission : la conquête de l'univers ! »

Extrait du journal de bord du vaisseau helmacron Terreur des Planètes.

J'avais un plan. Un très bon plan. Il y avait juste un petit problème : il fallait que nous restions en vie assez longtemps pour arriver au Parc.

Et ce n'était pas gagné.

Ax était en train de morphoser en busard. Il pourrait ainsi voler tout en portant le vaisseau helmacron et le Cube Bleu entre ses serres. Et nous étions tous sur lui. Marco, Tobias et moi étions sur ses doigts. Un groupe d'Helmacrons était sur ses poignets. Jake et Rachel étaient sur une de ses jambes, en train de se battre avec Vysserk Trois et une poignée de minuscules humains-Contrôleurs.

Juste une autre chose. Quand quelqu'un morphose, son corps se transforme complètement, et pas toujours d'une manière ordonnée ou logique. Je ne sais pas pourquoi, mais c'est comme ça. Et le corps d'Ax était en train de rétrécir et de changer, ce qui ne l'empêchait pas de courir. Cela a entraîné quelques désagréments.

La main sur laquelle nous nous trouvions a tout simplement disparu. On avait l'impression d'être sur de la pâte à modeler toute molle. La peau au-dessous de nous et autour de nous a fondu lentement. Sous nos pieds coulait comme une rivière d'eau boueuse. Les gigantesques doigts qui se trouvaient sur notre gauche et sur notre droite se sont rejoints. La peau devenue liquide a rempli l'espace qui les séparait encore en nous propulsant vers le haut. Pendant ce temps, Ax continuait à rétrécir.

Nous nous serions crus sur un tapis roulant, un

tapis roulant se dirigeant vers un précipice. Puis il s'est transformé en Escalator dont la pente devenait de plus en plus raide.

– Attention ! s'est écrié Marco.

< Morphosez en oiseaux ! > a hurlé Tobias tout en agitant ses ailes pour décoller.

J'étais en train de glisser sur le ventre, essayant désespérément de m'accrocher à cette peau pâteuse qui coulait en dessous de moi et qui m'entraînait dans une chute de plusieurs kilomètres !

Soudain, j'ai trouvé une prise !

Mes doigts se sont agrippés. Un prise de quelques millimètres seulement, mais qui ne cessait de grandir. J'ai également trouvé une brèche pour coincer mes pieds qui se balançaient dans le vide. J'étais accrochée à une falaise vivante en pleine transformation !

Et les choses ne se sont pas arrangées. J'avais la tête en bas ! Mais grâce à ma masse insignifiante, je pouvais me maintenir ainsi sans tomber.

Marco était près de moi, dans la même situation délicate, essayant de s'agripper comme il pouvait au moindre interstice de la falaise.

Nous allions tomber. C'est alors que sont apparues de gigantesques gravures de plumes qui se sont répandues partout sur la peau, comme des fissures sur la surface glacée d'un lac au moment du dégel. Ces gravures avaient un léger relief, largement suffisant pour que des petites créatures comme nous puissent y prendre appui.

Tout à coup, une détonation ! Le sol explosait littéralement à mesure que les dessins se transformaient en véritables plumes.

Sprrrouuuuut !

L'une d'elles a poussé entre Marco et moi et nous a soulevés dans les airs. Elle grossissait et s'étoffait à vue d'œil, comme une sorte de bambou géant.

Puis elle s'est rabattue, se mêlant ainsi aux autres plumes qui nous entouraient de toutes parts.

A cet instant, nous avions retrouvé une position à peu près horizontale. Le « sol » sur lequel nous nous trouvions paraissait juste un peu penché. J'ai alors ressenti comme un léger mouvement de bas en haut. La pente a changé alors d'inclinaison avant de se retrouver dans sa position initiale, et ainsi de suite.

– Nous sommes sur une aile, a dit Marco.

Tobias est venu se poser tant bien que mal près de nous.

< Vous êtes sur une plume d'aile, a-t-il rectifié tout en cherchant à reprendre son souffle. Impossible de voler, il y a trop de turbulences. Et nous avons des problèmes ! >

– Des problèmes ? a répété Marco sur un ton moqueur. Des problèmes ? Et qu'est-ce qui te fait dire ça ? Tout va pour le mieux. Enfin, en ce qui me concerne. Tout va bien, vraiment, je ne me suis jamais senti aussi bien.

Mais Tobias n'avait pas envie de plaisanter.

< Je ne sais pas comment ça se fait, mais nous nous retrouvons tous au même endroit. Une des pattes d'Ax a dû se joindre à une de ses mains pour former une aile. Jake et Rachel sont juste à côté de nous. Les Yirks approchent rapidement et les Helmacrons se sont tous regroupés et stationnent tout près d'ici. >

– Tu vois, c'est bien ce que je te disais. Tout va pour le mieux.

– Marco, nous devons morphoser, il ne faut

absolument pas que les Yirks nous voient en humains, ai-je remarqué.

Quelques instants plus tard, un gorille et un loup parcouraient une étrange forêt de plumes. Nous étions descendus sur le sol, c'est-à-dire sur la peau fripée du rapace.

Un tigre et un grizzly sont arrivés en courant vers nous en écartant les plumes sur leur passage. Jake et Rachel avaient été touchés par le rayon rétrécissant alors qu'ils étaient en animorphe, et mesuraient désormais la même taille que nous.

La tête du tigre était ensanglantée. Il haletait, mais ne semblait pas abattu.

< Content de vous voir >, a-t-il fait.

< Où sont les Yirks ? > a demandé Tobias.

< Oh, ils ne vont pas tarder à arriver. Vysserk a morphosé en une créature étrange avec des tentacules munis de lames. Un peu comme un Hork-Bajir. En plus, il est accompagné par un groupe d'humains-Contrôleurs plutôt féroces. >

< J'en ai marre de courir, est intervenue Rachel. Réglons ça ici et maintenant. >

Ils se sont regroupés à nos côtés, épaule contre

épaule. Un énorme grizzly, un tigre agile, un puissant gorille et moi, en loup capable de sentir, d'entendre et presque de goûter les Yirks qui se rapprochaient.

J'étais tellement concentrée sur eux que je n'ai presque pas entendu l'autre bruit.

Vysserk Trois est alors apparu au milieu des plumes dans son animorphe monstrueuse. Il ressemblait à une énorme méduse orange dont chaque tentacule porterait une faux. Derrière lui se trouvait un groupe d'humains-Contrôleurs très nerveux. Chapman était parmi eux.

Vysserk Trois s'est arrêté et nous a fait face.

Je ne reconnaissais pas l'habituelle attitude arrogante qu'il adopte habituellement.

< Drôle d'endroit pour une ultime bataille, Andalites, a-t-il déclaré. Mais puisqu'il le faut. >

Il me paraissait étrangement calme. Je me suis dit que le fait de ne pas être plus gros qu'une puce le déprimait peut-être.

Nous étions donc face à face, Yirks contre humains, même s'ils continuaient à croire que nous étions des Andalites.

Et soudain, sur notre droite, nous avons vu arriver des dizaines de petites créatures à quatre jambes, à la tête plate et aux yeux ronds comme des billes.

< Ah ! ah ! Tous nos pitoyables ennemis sont réunis là ! Tous vont trembler de terreur devant les puissants Helmacrons ! Rendez-vous et vous serez traités comme de misérables esclaves, ou combattez-nous et vous serez anéantis sans pitié ! >

Pendant un long moment, personne n'a bougé.

Écartant ses tentacules pour nous révéler une terrifiante figure, Vysserk Trois nous a regardés.

< Je ne sais pas ce que vous en pensez, Andalites, nous a-t-il dit, mais ces créatures me tapent vraiment sur les nerfs. >

Je sais bien que c'est impossible, mais je vous jure que j'ai vu sourire le tigre de Jake.

Et pour la première fois et probablement la dernière, des humains et des Yirks ont fait front ensemble contre un ennemi commun.

Malheureusement, ou heureusement, la trêve a été de courte durée. Car juste à ce moment-là Ax a annoncé :

< Nous sommes au-dessus du Parc. >

J'ai dirigé ma parole mentale vers les autres et je leur ai dit :

< Il faut que nous quittions cet oiseau. >

< Quoi ? > s'est étonné Jake.

< Il faut que nous sautions, ai-je repris. Il faut que nous quittions l'animorphe d'Ax. >

< Excuse-moi, a fait Rachel, mais nous devons être à des milliards de kilomètres d'altitude ! >

< Faites-moi confiance, ai-je insisté. Mettez-vous à l'extrémité d'une plume et préparez-vous à sauter ! >

CHAPITRE 28

Je me suis mise à courir et les autres m'ont suivie. Nous avons laissé les Yirks et les Helmacrons face à face. Bien entendu, ces derniers ont poussé des cris de triomphe en nous voyant partir.

< Vous fuyez comme des lâches devant l'élite des troupes helmacrons ! >

< Je n'aime pas partir comme ça >, a grogné Rachel.

Mais elle nous a quand même rejoints au moment où nous grimpions le long d'une plume inclinée.

C'était un long chemin à parcourir. D'un seul coup, nous avons senti le vent se déchaîner au-dessus de nos têtes. Un véritable ouragan.

< Ax ! Nous y sommes ? > ai-je crié.

< Un moment... Préparez-vous... >

< Jake, Rachel et les autres, ai-je repris. Quand Ax vous dira de sauter, lancez-vous dans le vide. Nous sommes trop petits pour nous faire mal en tombant. En plus, nous atterrirons en douceur. Dès qu'il… >

Soudain, Vysserk Trois s'est rué vers moi dans son animorphe monstreuse.

< J'ai changé d'avis, a-t-il annoncé. Je crois que je préfère quand même vous tuer ! >

< Maintenant ! > a crié Ax.

Nous avons sauté. Chacun a fait comme il a pu. Avec mes pattes de loup, je n'ai eu aucun problème. Et je me suis alors mise à tomber. Ma chute m'a semblé interminable.

J'avais un grizzly au-dessus de moi, suivi de près par un tigre. Et pas très loin d'eux, j'ai vu une chose qui m'a terrorisée : Vysserk Trois avait fait comme nous !

Il tombait lui aussi, dans son animorphe monstrueuse, ses tentacules se balançaient au vent. Et avec lui, plus d'une dizaine d'humains-Contrôleurs s'étaient également lancés dans le vide comme des kamikazes.

Encore plus haut, à la limite de mon champ de vision, j'ai repéré tout un groupe d'Helmacrons. Comme Ax volait doucement, nous étions tous plus ou moins proches les uns des autres. Nous avions sauté en premier, puis les Yirks, puis les Helmacrons.

Nous tombions, tombions, tombions...

Paaammm !

... Nous avons atterri.

Nous avons atterri dans de la fourrure rugueuse. Je glissais entre deux poils et je continuais à descendre. Avec mon animorphe de loup, je ne pouvais pas m'agripper, sauf en me servant de mes puissantes mâchoires. C'est donc ce que j'ai fait. J'ai planté mes crocs dans un poil raide et moelleux.

J'ai alors constaté que Rachel, Jake et Marco étaient tous sains et saufs, posés en dessous de moi sur un sol formé de peau. Je me suis laissée tomber jusqu'en bas.

J'étais sur mes quatre pattes. J'ai immédiatement commencé à démorphoser.

< Tu vas peut-être nous expliquer ce que tout cela signifie ? > m'a demandé Jake sur un ton un peu sec.

< Eh bien, je n'en suis pas sûre, ai-je admis, mais j'ai pensé à quelque chose. Quand les Helmacrons nous ont rétrécis, ils ont également rétréci l'ADN qui était en nous. Toutes les animorphes que nous possédons ont été réduites à une certaine échelle, d'accord ? >

< Et alors ? > a fait Marco.

< Eh bien, j'ai pensé que si nous acquérons un nouvel ADN, il ne sera peut-être pas victime de ce rétrécissement. >

Jake était de nouveau à moitié humain.

< Hé ! Tu es en train de dire que… >

Sa parole mentale a été interrompue alors qu'il finissait de démorphoser.

J'avais presque intégralement retrouvé mon corps et je me tenais accroupie sous un gros poil.

– Oui, ai-je repris, enfin je l'espère. Nous devrions être capables d'acquérir l'animal sur lequel nous nous trouvons et de morphoser ensuite. Avec une taille normale !

Je me suis mise à genoux et j'ai posé mes mains contre la chair. Mais avant que je commence à me concentrer, une créature hideuse a bondi au beau milieu de notre petit groupe.

– Aaaaahhh ! ai-je hurlé avant de faire un bond en arrière.

Tout le monde est tombé à la renverse, terrorisé par ce monstre qui n'avait rien d'humain.

La puce – car c'en était une – la puce, donc, ne nous a même pas regardés. De toute manière, ses yeux ne voyaient pas grand-chose, et nous ne l'intéressions absolument pas.

Mais même en sachant cela, avoir une puce d'une telle taille devant soi est une chose terrifiante. Ce sont d'horribles petits monstres. Je le sais. J'ai déjà été une puce.

Elle semblait se demander ce qu'elle allait faire. Elle est restée immobile un instant avant de repartir en bondissant. Elle a disparu aussi rapidement qu'un personnage de dessin animé.

– Allons-y, morphosons avant de faire d'autres rencontres de ce type, a dit Rachel. Je n'aime pas beaucoup cette forêt et les animaux qui y vivent.

Je me suis remise à genoux et je me suis concentrée sur l'animal qui était sous mes mains.

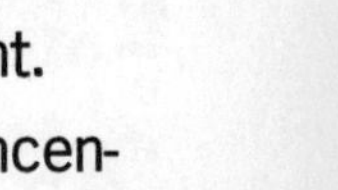

– Au fait, quelle animorphe allons-nous acquérir ? a voulu savoir Jake.

– Le seul animal au monde parfaitement adapté pour combattre et détruire des créatures comme les Helmacrons, ai-je répondu.

– De quel animal s'agit-il ?

– Du fourmilier.

CHAPITRE 29

– Allons-y, essayons, a fait Jake. Voyons si ça marche.

J'ai morphosé de nombreuses fois et en de nombreux animaux. Mais je n'avais jamais ressenti une telle satisfaction. Je voulais retrouver une taille normale. Je voulais de nouveau vivre dans un monde ou les poux et les puces ne sont que des… eh bien, que des poux et des puces.

Je grossissais rapidement. Je ne ressemblais déjà plus vraiment à un humain quand j'ai aperçu Vysserk Trois se frayer un chemin à travers la fourrure.

Il nous a regardés fixement tandis que nous grandissions.

< Mais bien sûr ! > s'est-il exclamé.

Mais je ne me souciais pas trop de lui dans l'immédiat, étant donné que ma taille ne cessait d'augmenter. Je sortais de la fourrure. Ma tête surplombait le dos du fourmilier. Tobias est passé près de moi en volant et m'a paru petit.

Ax, dans son animorphe de busard, ne ressemblait plus à un Boeing 747.

Tout comme moi, les autres ont émergé de la fourrure comme des ballons dirigeables seraient sortis d'une jungle.

Le fourmilier a remué brutalement et nous nous sommes retrouvés par terre. C'était tout simplement génial. La poussière n'était que de la poussière. Nous étions de nouveau grands !

Comme il fallait s'y attendre, l'animal que j'étais devenue avait une excellente vue, en tout cas pour voir les détails. J'ai repéré Ax posé sur le sol. Tobias était sur son épaule. Le vaisseau helmacron et le Cube Bleu, toujours attachés à lui, étaient dans la poussière, bien protégés par la serre du rapace qui les agrippait.

Le fourmilier est une bête plutôt rigolote. De l'extrémité de sa grosse queue touffue au bout de son museau pointu incroyablement long, il mesure peut-être deux mètres à deux mètres cinquante. En hauteur, il doit arriver au niveau du genou d'un homme adulte. Ce n'est pas un énorme animal. Mais pour nous, c'était une taille incroyable.

En regardant plus attentivement avec mes nouveaux yeux, je me suis aperçue que mon champ de vision était divisé en deux par l'interminable tube couvert de fourrure qui était ma bouche. Il semblait s'étendre à l'infini.

Mais ce gros animal rigolo n'était pas sans défense. Mon poids reposait presque entièrement sur mes pattes postérieures. Mes pattes antérieures me servaient juste à me maintenir en équilibre, ce qui était plus pratique pour me servir des redoutables griffes recourbées en forme de faux qui les terminaient.

J'ai senti les instincts du fourmilier émerger en moi. J'attendais avec anxiété ce face-à-face. Mais l'animal était calme et placide. Plus tard, j'ai appris qu'il s'agissait d'un des mammifères terrestres dont la température du corps était la plus basse. Ce sont également des animaux qui peuvent dormir plus de quinze heures par jour.

Le fourmilier n'est pas stupide pour autant. Je possédais par ailleurs une excellente ouïe et un odorat très développé.

Je distinguais également parfaitement les Helmacrons et les humains-Contrôleurs qui couraient sur le sol.

Sans m'en rendre compte, j'étais cependant sous la domination des instincts de mon animorphe, et ce qui s'est passé par la suite est venu tout naturellement.

Flit !

Une langue d'au moins un mètre de long a jailli ! Elle s'est abattue sur un groupe d'Helmacrons, les a recouverts de salive collante, puis les a entraînés dans ma bouche avant que je ne réalise ce qui s'était réellement passé.

< Bien joué, Cassie ! > s'est exclamé Marco.

J'ai senti quelque chose contre mon palais, et puis mes dents se sont mises à mâcher.

< Non ! > ai-je crié, en immobilisant les muscles de mes mâchoires.

Et alors, à mon plus grand étonnement, de l'intérieur de ma bouche est sortie une parole mentale :

< Rendez-vous sans attendre et nous vous ferons subir les terribles tortures que vous avez méritées ! >

J'ai ressorti ma langue et, avec un gros effort de volonté, je l'ai posée sur le sol, immobile. Une vingtaine d'Helmacrons étaient collés dessus.

< Vous savez, je ne tiens vraiment pas à vous tuer >, ai-je dit.

< Rendez-vous et prosternez-vous devant nous ! >

J'ai alors entendu une autre parole mentale. Plus posée et plus sinistre.

< Pauvre fou d'Andalite. Si sentimental. >

Vysserk Trois. Il nous avait imités. Il avait également morphosé en fourmilier.

< Il est impossible de tuer un Helmacron. Il s'agit d'une espèce transmissible. Si tu en tues un, son esprit, si l'on peut appeler ça un esprit, est absorbé par un autre. Ils ne meurent jamais. Même quand ils sont morts, ils ne le sont pas vraiment. Mais en ce qui concerne les Andalites… >

Flit !

Sa langue a jailli pour attraper, non pas une fourmi, mais un minuscule oiseau qui volait autour de lui.

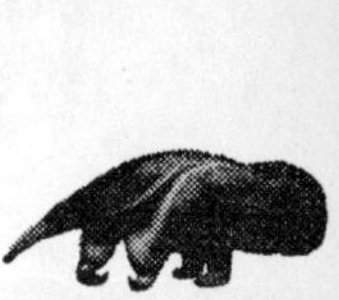

< Aaaaaahhh ! > a crié Tobias.

< Tobias ! > a hurlé Rachel.

Le Vysserk a rentré sa langue, tenant un Tobias sans défense à quelques millimètres de ses redoutables mâchoires.

< Maintenant, il faut que nous parlions >, a ricané Vysserk Trois.

Rapide comme l'éclair, Ax a bondi. Rapide comme l'éclair, il a posé sa lame sur le cou du fourmilier de Vysserk Trois.

< Non, maintenant, nous allons parler >, a-t-il fait à son tour.

CHAPITRE 30

Nous avons conclu un marché.

Rachel et Jake ont attrapé les Helmacrons avec leur langue collante et les ont retenus en otage. C'était un soulagement de savoir qu'il était quasiment impossible de les tuer. Enfin, une sorte de soulagement. Quoi qu'il en soit, ils étaient pris au piège.

Marco et moi avons démorphosé pour retrouver notre petite taille humaine. Bien sûr, nous avons fait en sorte que Vysserk Trois ne puisse pas nous voir. Puis nous sommes montés à bord du vaisseau helmacron. Nous y avons trouvé des mâles dociles qui nous ont aidés à faire fonctionner le rayon rétrécissant.

Nous avons redonné sa taille normale à Vysserk Trois et à Tobias, pendant qu'Ax montait la garde

autour du vaisseau et du Cube Bleu, la lame de sa queue prête à frapper.

Nous avons également rendu leur taille aux humains-Contrôleurs avant de les laisser partir avec Vysserk Trois. Ils n'étaient pas en position de discuter. Le rayon rétrécissant était entre nos mains.

Vysserk devait estimer qu'il était préférable de ne pas être gros comme une puce si l'on veut conquérir la Terre.

Une fois les Yirks partis, Rachel et Jake ont libéré les Helmacrons et ont démorphosé. Puis nous leur avons rendu leur taille.

Pour finir, Marco et moi avons mis le rayon en position automatique avant de venir nous placer sur sa trajectoire.

Mais avant, nous avons eu une petite discussion avec les mâles helmacrons.

– Il faut que vous organisiez un mouvement de libération de l'homme, leur a expliqué Marco. Pourquoi acceptez-vous d'être traités comme ça ?

La plupart des hommes semblait d'accord avec lui.

< Nous allons écraser les femelles comme des

vermines ! Leurs cris déchirants vont résonner dans tout l'univers tandis que nous allons retrouver notre véritable place parmi l'élite helmacron ! Et nous mènerons à bien la conquête de la galaxie ! Tout le monde devra se prosterner devant… >

Bien, vous connaissez la suite…

– Il serait peut-être temps de rentrer à la maison, non ? m'a fait remarquer Jake.

J'ai acquiescé.

– Oui, effectivement. Je pense que je vais me faire priver de sortie.

– Oh non, j'espère que non. Je voulais, euh… je ne sais pas, enfin, je me disais que nous pourrions peut-être aller tous les deux à la plage demain matin. S'il fait beau.

Rachel m'a jeté un regard qui signifiait : « Je te l'avais bien dit. » Puis, juste pour être désagréable, elle a ajouté :

– Oh, je ne sais pas si c'est une bonne idée Jake. Je ne crois pas que Cassie aime la plage et…

– J'adore la plage, l'ai-je interrompue en lui lançant un regard noir. Et si je ne suis pas privée de sortie, j'aimerais bien y aller avec toi, Jake.

Jake a rougi, il attendait que Marco lui fasse une réflexion. Mais Marco s'est contenté de secouer la tête d'un air triste.

– Parfait, Cassie, rentre chez toi avec Jake. Je suppose que notre projet de repeupler le monde avec des êtres minuscules est tombé à l'eau... de mer.

Le vaisseau helmacron a décollé avant de disparaître dans le ciel noir. Et pendant un petit moment, nous avons entendu résonner des paroles mentales :

< Les femelles doivent se prosterner devant notre incroyable puissance ! Vous devez nous respecter comme vos maîtres incontestés ! Tout l'univers va trembler devant les mâles helmacrons ! >

< Jamais les femelles ne se soumettront aux mâles ! Nous allons asseoir notre domination sur l'univers entier ! Et nous allons commencer par vous ! >

Nous sommes rentrés chez nous, laissant les mâles et les femelles helmacrons régler leurs problèmes domestiques. Tout en sachant parfaitement que le jour de la réconciliation n'était pas proche...

L'aventure continue...

Ils sont parmi nous !
Ne Les laissez pas vous contrôler, lisez...

L'ennemi

Animorphs n°21

(Deuxième partie d'une trilogie)

Et découvrez dès maintenant
ce qui vous attend !

« Je m'appelle Jake.

Et pour l'heure, j'étais un cafard qui n'en menait pas large.

< Aaaaahhhhh ! >

Je tombais vers le sol, très loin en dessous de moi, et je hurlais en tourbillonnant dans le vide.

Pourtant, je ne voyais pas le sol. Les yeux de cafard sont limités à la vision en gros plan. Et encore, même pour cela, on ne peut pas dire qu'ils soient très performants.

Je ne voyais donc pas la terre qui s'étendait à plusieurs centaines de mètres en dessous de moi. Et je ne distinguais pas davantage Marco, Cassie, Ax et David, eux aussi en cafards et en chute libre.

Mais je les entendais, en revanche.

< Aaaaahhhhhh ! > criait Marco.

< Aaaaahhhhhh ! > renchérissait Cassie.

Ax était le seul à se taire. Ax est un Andalite. Les Andalites crient moins que les humains. Ce n'est pas qu'ils soient plus courageux que nous, mais ils appartiennent à une espèce télépathe : j'imagine que leur type d'évolution ne les porte pas à crier.

< On va mouriiiiiir ! > a hurlé David, d'une voix mentale paniquée.

< Je ne pense pas que l'impact puisse nous tuer, a estimé Ax. Je ne pense pas que notre masse soit suffisante pour provoquer la mort à l'impact. >

< Il a raison ! s'est écriée Cassie. On ne peut pas tuer un cafard en le jetant par terre. Même de cette hauteur. >

< Sauf s'il y a de l'eau en dessous, a objecté Marco. Dans ce cas, nous risquons de nous faire gober par un gros poisson affamé quand nous toucherons la surface de l'eau. >

< Et si nous démorphosions ? > a suggéré Ax.

< Pas le temps, lui ai-je répondu. On augmenterait en taille, on prendrait de la masse, et ensuite quand on toucherait... >

J'ai soudain cessé de tomber.

Ils sont parmi nous !
Ne Les laissez pas vous contrôler, lisez...

La solution

Animorphs n°22

(Troisième partie d'une trilogie)

Et découvrez dès maintenant
ce qui vous attend !

« Là, dans l'obscurité de ma chambre, un gros rapace agitait ses ailes et donnait de petits coups de bec sur mon bureau.

– Tobias ? ai-je chuchoté.

Il ne s'agissait cependant pas d'un faucon à queue rousse. L'animal était un aigle gris et blanc.

< Non, c'est Ax. Tu dois venir immédiatement. Tobias a... disparu. Et prince Jake est en danger. >

J'ai rejeté mes couvertures et j'ai posé mes pieds nus sur le sol.

– Quoi ?

< A cause de David. Il nous a trahis. >

J'étais parfaitement réveillée à présent. Parfaitement réveillée et déjà dans une rage folle.

J'ai attrapé des coussins et je les ai mis sous mes draps. J'espérais que ma mère croirait que j'étais toujours dans mon lit si jamais elle venait jeter un coup d'œil.

J'ai regardé mon réveil. Il était tard. Très tard. Si tard qu'il était presque tôt.

Dans mon esprit, j'ai passé rapidement en revue toutes les animorphes dont je disposais. Je devais être capable de voler. Et il faisait nuit. Je me suis concentrée sur l'image d'un grand hibou.

J'ai commencé à me transformer, tout en bombardant Ax de questions.

– Que s'est-il passé ?

< Jake, Tobias et moi montions la garde autour de la grange de Cassie. Comme tu le sais, Jake suspectait David de vouloir nous trahir. >

– Cette vermine ! Cette répugnante peeeeeeetttiiiii…

Ma langue s'est mise à rétrécir rapidement au milieu de la phrase, alors que j'étais en train de dire à Ax ce que je pensais de David. Il valait probablement mieux. Ax m'aurait demandé de lui expliquer le sens des mots que j'utilisais, et ce n'aurait pas été facile. ”

Ils sont parmi nous !
Ne Les laissez pas vous contrôler, lisez…

L'héritier

Animorphs n°23

Et découvrez dès maintenant
ce qui vous attend !

“ Rachel est sortie de son lit. Elle portait un long T-shirt de sport, qui lui sert apparemment de chemise de nuit. J'ignore de quelle équipe il vient. Avant, je ne m'intéressais pas beaucoup au sport. Maintenant, cela n'a tout simplement plus aucun sens pour moi.

Elle a allumé la petite lampe près de son lit et s'est approchée de moi.

– Un notaire. Qui prétend être le notaire de ton père. Il représente aussi une personne du nom d'Aria. Elle prétend être ta cousine.

< Aria ? Ce n'est pas un truc d'opéra, ça ? >

Rachel a haussé les épaules d'un geste impatient, ce qui signifie chez elle : « Quelle importance ? Écoute plutôt ce que j'ai à te dire ! On se moque de savoir ce que c'est ! »